古代文史名著选译丛书

主编 章培恒 安平秋 马樟根

元稹白居易诗选译

修订版

译注 吴大逵 马秀娟

审阅 宗福邦

凤凰出版传媒集团 凤凰出版社

图书在版编目（ＣＩＰ）数据

元稹白居易诗选译 / 吴大逵，马秀娟译注. -- 南京：凤凰出版社，2011.5
（古代文史名著选译丛书）
ISBN 978-7-5506-0433-9

Ⅰ．①元… Ⅱ．①吴… ②马… Ⅲ．①唐诗－选集
Ⅳ．①I222.742

中国版本图书馆CIP数据核字(2011)第046096号

书　　名	元稹白居易诗选译
译 注 者	吴大逵　马秀娟
责任编辑	李相东
出版发行	凤凰出版传媒集团
	凤凰出版社(原江苏古籍出版社)
	南京市中央路165号　邮编　210009
	发行部电话025-83223462
集团网址	凤凰出版传媒网　http://www.ppm.cn
照　　排	江苏凤凰制版有限公司
印　　刷	江苏凤凰通达印刷有限公司
	南京市六合区冶山镇　邮编 211523
开　　本	960×1304毫米　1/32
印　　张	10.375
字　　数	168千字
版　　次	2011年5月第1版　2011年5月第1次印刷
标准书号	ISBN 978-7-5506-0433-9
定　　价	21.00元

（本书凡印装错误可向承印厂调换,电话:025-57572508）

《古代文史名著选译丛书》修订版
出版说明

　　呈献在读者面前的这套《古代文史名著选译丛书》是 2011 年的修订版。全书共 134 册,包括了中国从先秦至清末两三千年间的著名典籍。每部典籍都选其精粹(《论语》《老子》则全文收录),收录原文,加以简明的注释,力求准确地译为现代汉语,并于每一篇之前写有对该文的提示性说明。这是近一个世纪以来,规模最大、收录种类相对齐全、译注质量较高的一套普及传统文化的今译丛书。

　　这套丛书,原在 1992 年—1994 年由巴蜀书社分三批出齐,印行过万套;不久,又由台湾的出版机构买去海外版权在台湾及海外发行,可见这套丛书当年在两岸受欢迎的程度。时隔 17 年,丛书编委会决定重新修订，改由江苏凤凰出版集团所属的凤凰出版社出版。

这套丛书是由教育部属下的全国高等院校古籍整理研究工作委员会（简称古委会）于1985年策划的。古委会组织了全国18所大学的古籍整理研究所的所长任编委会编委，由我们三人任主编，在全国范围内选请学有专长的学者承担各书的译注。从1986年—1992年，历时7年完成。当时，编委会制订了严明、可行的体例和细则，译注者按要求完成书稿。每部书稿完成后，都在全国范围内请编委会之外的专门研究这一学术领域的两位专家初审，合格后再请两位编委参照初审意见审改，然后退还原译注者改正。待原译注者改正后，再由编委会集中常务编委和部分编委、相关专家在一地将每部书稿从头至尾审改。这样的集中审稿会一般都在8—15天，7年中开了12次审改会。审改后，三位主编再集中在一起逐一审定，交付出版社。这一工作程序，使得这套丛书的译注质量有了一定的提高。所以，这套丛书，在一定程度上是个人与多人合作的结果。关于这套丛书的编纂始末，我们曾在1992年4月全书交稿后写有一篇文章，这次附在修订版书末，便于读者了解。

这次修订,是交由原译注者自己修改。少数译注者已去世,则书稿一仍其旧。个别译注者已联系不上,也保持原貌。

1992 年—1994 年出版时,书前有当时古委会主任周林先生写的序。周林先生是这一丛书的发起者。他已于 1997 年 6 月去世,至今已 14 年了。为了尊重历史,也为了纪念他,修订版仍用他的序。

我们三人在 1985 年—1992 年主持这套丛书工作时,年龄大的是从 51 岁到 58 岁之间,年龄小的是从 44 岁到 51 岁之间,那时尚有精力组织、参与这一工作,今天我们都已年逾古稀。全书修订版出版之际,心情似乎比当年更惴惴不安地期待着读者的评头品足,期待着不要对读者贻误太多。

回想这套丛书,真应该感谢我们的祖先为我们留下了这样深厚、丰富的思想、文化遗产,使我们今天仍然受用无穷。应该感谢这套丛书的全体译注者、审阅者、编委和当年的出版者巴蜀书社、今天的出版者凤凰出版社,是他们的学识、辛勤与真诚使得这套丛书得以面世。

章培恒　马樟根　安平秋
2011 年 3 月 15 日

序

　　《古代文史名著选译丛书》与广大读者见面了。这是丛书编委会的同志与众多专家学者通力协作、辛勤耕耘的结果。

　　中华民族在五千年漫长的岁月里，创造了光辉灿烂的文化，给人类留下了丰富的精神财富。"观今宜鉴古，无古不成今"。今天，以马克思主义的科学理论为指导，整理研究我国古代文化典籍，做到汲取精华，剔除糟粕，古为今用，推陈出新，使人们在正确认识民族历史的同时，得到爱国主义的教育，陶冶道德情操，提高全民族的文化素质，促进社会主义文化的繁荣，使文明古国的历史遗产得以发扬光大，这是我们每个炎黄子孙的责任。而要做到这样,对古籍进行整理与研究是重要的基础工程。但是,整理与研究古籍仅作标点、校勘、注释、辑佚还不够,还要有今译,使老年人、中年人、青年人都愿意去读,都能读懂,以便从中得到教益。

基于以上认识,全国高等院校古籍整理研究工作委员会于 1986 年 5 月组成了以章培恒、安平秋、马樟根三位同志为主编的《古代文史名著选译丛书》编委会,确定了以全国十八所大学的古籍整理研究所为主力承担这一看似轻易、实则艰巨的今译任务。在第一次编委会议上,拟定了《凡例》、《编写与审稿要求》、《文稿书写格式》和一百余种书目。以每一种书为十万至十五万字计算,这套丛书大约有一千余万字,应该说是一项大工程。经过一年的努力,完成了第一批三十六部书稿的译注任务。在各研究所的专家与所长把关的基础上,于 1987 年 5 月和 7 月,先后在复旦大学、北京大学召开了部分编委参加的审稿会,通过了二十五部书稿,作为《古代文史名著选译丛书》与广大读者见面的第一批作品。与此同时,在 1987 年 7 月 6 日,邀请了在京的十几位专家教授与编委会十几位编委一起座谈这套丛书与古籍今译的问题。专家们肯定了今译工作的必要性与深远意义，并以他们数十年的教学科研和创作的经验，说明今译是一项难度很大的工作，是培养人才，使之打下坚实基本功的一种有效方法；专家们还对《古代文史名著选译丛书》提出了宝贵的建议，这对当时的审稿工作和保证《丛书》的质量起了很好的作用。

实践证明，古籍的今注不易，今译更难。没有对作品的深入、透彻的研究，没有准确、通俗、生动的语言表达能力，要想做好今译是不可能的。两年多来，全国高等院校古籍整理研究工作委员会在探索古籍的今注、今译的道路上，做了一些工作。这部丛书的出版，是系统今译的开始，说明古籍整理研究工作有了新的进展。更可喜的是，一批中青年学者参加了今注今译工作，为古籍整理增添了新生力量，相信他们会在实践中，在学习中，成长成熟。我希望，这套丛书的编委会和高校各古籍整理研究所要敞开大门，加强同国内外专家学者的联系，征求他们和广大读者的意见，并向有真才实学而又适宜做今译工作的专家学者约稿，以提高古籍译注的水平，使《古代文史名著选译丛书》的第二批、第三批作品的质量更上一层楼。

　　这是一套以文史为主的大型的古籍名著今译丛书。考虑到普及的需要，考虑到读者对象，就每一种名著而言，除个别是全译外，绝大多数是选译，即对从该名著中精选出来的部分予以译注，译文力求准确、通畅，为广大读者打通文字关，以求能读懂报纸的人都能读懂它。我希望这套丛书能成为中小学教师的语文、历史教学的参考书，成为大专院校学生的课外读物，成为广大文史爱好者的良师益友。由于系统的古籍今译工作还刚刚起步，这套丛书定会有不少缺点、错误，也诚恳地希望读者批评指正。

　　巴蜀书社要我为这套丛书写序，我欣然接受了。我相信这套丛书不仅会使八十年代的人们受益，还将使子孙后代受益，它将对祖国的繁荣昌盛起到点滴的作用。最后借此机会向曾给予我们支持、帮助的专家学者和巴蜀书社的同志表示衷心的感谢！并殷切地希望台湾同胞、港澳同胞、海外侨胞和我们一同做好祖先留给我们的文化遗产的整理工作，为中华民族灿烂的文化再放异彩而努力！

周　林

1987 年 10 月于北京

目　录

前　言

一

　　唐代是我国诗歌取得最大成就的历史时期,李白和杜甫如日月丽天,照耀着盛唐诗坛,他们与盛唐其他著名诗人形成了第一次高潮。安史乱后,唐代由盛而衰,进入了中唐时期,张籍、王建、元稹、白居易、韩愈、孟郊、柳宗元、刘禹锡、李贺等诗人则如群星灿烂,形成了第二次高潮。这一时期的诗风发生了很大的变化,冲融浑浩、雄丽高华的盛唐之音消失了。诗人们无论从个人遭际抒发不平之鸣,或是注目社会,反映人民的苦难,大都正视自我,正视现实。其观察与体验更为深刻,题材内容更为广阔。如果没有中唐诗人的艰辛创造,唐诗就不能成其大,成其广。

元稹和白居易在中唐诗坛上,不仅是思想上、艺术上卓然自立的诗人,而且是当时影响最大的诗人。《旧唐书·元稹白居易传》云:"元和主盟,微之、乐天而已。"两人终生致力于诗,"每公私感愤,道义激扬,朋友切磨,古今成败,日月迁逝,光景惨舒,山川胜势,风云景色,当花对酒,乐罢哀余,通滞屈伸,悲欢合散,至于疾恙穷身,悼怀惜逝,凡所对遇异于常者,则欲赋诗"(元稹《叙诗寄乐天书》)。其诗范围极为广泛,既有面向社会、反映现实、具有美刺作用的讽谕诗,也有面向自我、表现个人感受的其他诗篇。当时歌儿伎女传唱其诗,村校儿童学习其诗,乃至国外以千金求其诗,流传之广前所未有。人们竞相仿效,称之为元和体。他们留存今日的诗篇,是古代文学中的宝贵遗产。

元稹和白居易对诗史最大的贡献是讽谕诗的写作和倡导,并且因此而形成一种风气,也就是通常文学史上盛称的新乐府运动。所谓讽谕诗,就是诗人有意识地观察现实,用诗来反映社会问题,表现自己的政治主张与人道主义精神,使其有助于朝政的革新与世道的改进。从《诗经》直到杜甫,一直存在着写作讽谕诗的优良传统。元稹和白居易自觉地继承这个传统,大力倡导写讽谕诗,为唐代诗坛增添了新的光彩。

元稹与白居易注重讽谕诗,是有其一定的社会原因和个人原因的。中唐政治腐败,藩镇割据,战乱连年,苛税繁兴,人民生活于水深火热之中。元稹和白居易早年家境都比较贫困,对社会生活和人民疾苦都有较多的接触和理解,他们年轻时蒿目时艰,感到"心体悸震,若不可活"(元稹《叙诗寄乐天书》),产生强烈的忧患意识;同时"每与人言,多询时务,每读书史,多求理道"(白居易《与元九书》),又有浓厚的参政意识。正是在这样的基础上,他们把诗歌和社会政治联系起来,认识到"文章合为时而著,歌诗合为事而作"(同上),不能将诗歌写作看作个人的事业,而应看作群体的事业。当他们怀抱济世之志而步入仕途,锐意于政治革新的时候,便努力进行诗歌的革新,使诗歌具有社会职能,发挥政治作用。

从诗歌为政治服务的观点出发,元稹和白居易回顾了讽谕诗的历史发展,进行系统的理论总结。他们认为:"大凡人之感于事,则必动于情,然后兴于嗟叹,发于吟咏而形于歌诗矣!"(白居易《策林·六十九》)因此,从民间诗歌中可以见出"人情之哀乐"、"王政之得失"(同上),对于统治者施政求治有极为重要的参考价值,应当"立采诗之官,开讽刺之道,察其得失之政,通其上下之情"(同上)。从诗三百篇到汉魏乐府,"莫非讽兴当时之事"(元稹《乐府古题序》),而后代文人却使这一传统逐渐削弱,以致"吟写性灵,流连光景之文"、"淫艳刻饰,佻巧小碎之词"(元稹《唐故工部员外郎杜君墓系铭并序》)充斥诗坛。为了"补察时政"与"泄导人情",应当力挽颓风,重振诗道,批判诗歌写作中"嘲风雪,弄花草"而"不知其所讽"(白居易《与元九书》)的脱离现实、脱离政治的不良倾向,恢复写讽谕诗的传统。他们大声疾呼:"欲开壅蔽达人情,先向歌诗求讽刺。"(白居易《新乐府·采诗官》)

元稹和白居易的讽谕诗在体裁上是很广泛的,不只限于乐府诗。元稹称用五言古体为"古讽",用七言乐府体为"乐讽",用五、七言近体为"律讽"(元稹《叙诗寄乐天书》)。当时诗人张籍以乐府体写讽谕诗,白居易大为赞赏,称他"尤工乐府诗,举代少其伦"(白居易《读张籍古乐府》)。另一诗人李绅有意与《古题乐府》相区别,以《新题乐府》写了二十首讽谕诗,元稹和了十二首,白居易又扩充为五十首,并称之为《新乐府》。讽谕诗与新乐府之间的关系是内容与形式的关系,同一形式可以表达不同的内容。元稹就曾明确地将"词实乐流而止于模象物色",不具有讽谕性质的乐府诗列为《新题乐府》,同时又写有"寓意古题,刺美见事"的《古题乐府》(元稹《乐府古题序》)。但白居易的《新乐府》无疑是标志着他们讽谕诗在思想与艺术上的最高成就。因此一般称他们倡导讽谕诗为新乐府运动。

元稹和白居易重视诗歌的社会功利价值与政治作用,同时对诗歌与政治关系的理解也并不狭窄。诗歌创作的历史实践开扩了他们的视野,不可能完全局限于儒家美刺比兴的文学观。元稹指出:"秦汉已还,采诗之官既废,天下俗谣民讴、歌颂讽赋、曲度嬉戏之词,亦随时间作。"(元稹《唐故工部员外郎杜君墓系铭并序》)承认两种不同性质的诗歌同时存在,推崇前者并不意味否定后者。白居易批评晋宋以来文人诗歌缺乏美刺比兴的讽谕意义尤为激烈,但是,他也看到"自风骚之后,苏李以还",文人创作中十之八九是属于以"谗冤谴逐,征戍行旅,冻馁病老,存殁别离"为内容的,属于面向自我的抒情诗;而从"文士多数奇,诗人尤命薄",也可以见出"理安之世少,离乱之时多"(白居易《序洛诗》),有其认识价值和社会意义。而且他对陶渊明的"高古",谢灵运的"奥博",李白的"壮浪纵恣"十分赞赏,完全肯定其在风格和艺术上的成就。特别是元稹反对诗歌创作中"好古者遗近,务华者去实"的弊病最中肯綮,显示了他们批判地审视传统、思想与艺术并重、讽谕诗和非讽谕诗并举的全面观点与正确态度。

在古今并取、华实兼备的思想指导下,他们都曾将自己的诗作分类编次。元稹分为十体,白居易分为四类,虽有所差异,但在基本精神上,都是将关于美刺兴比的社会讽谕诗与吟写性情、释恨佐欢的自我抒情诗区别开来,表示对前者的重视。《毛诗序》以诗为风上化下、主文谲谏的政治工具,而钟嵘《诗品》又以诗为使"穷贱易安,幽居靡闷"的自我安慰的手段。这种不同文艺观的对立现象,在元、白的诗作中得到了统一。对诗歌社会功能的全面理解,导致了他们诗作在题材、内容上的多样性与丰富性。一般说来,他们的讽谕诗有更多的好古务实的因素,"篇篇无空文,句句必尽规"(白居易《寄唐生诗》),对黑暗的现实进行了尖锐的批判,意激气粗,言直词质,而其他非讽谕诗,则又有存近尚华的因素,或以风韵见长,或以文采取胜。在当时的历史条件下,后者更受到人们的喜爱,所谓元和体,是指这类诗篇。

二

元稹(779—831),字微之。祖籍河南洛阳(今河南洛阳),生于长安万年(今陕西西安西北)。父名元宽,母郑氏。八岁丧父,家境贫困,随母寓居凤翔(今陕西凤翔),依舅父为生。生性聪慧,九岁学诗,十岁读经,十四岁赴京应试,于贞元九年(793)十五岁时明经及第。

元稹少有大志,及第后更"苦心为文,夙夜强学"。贞元十五年(799),初仕于河中府。元和元年(806),登才识兼茂、明于体用科,对策第一,授左拾遗。他生性锋锐,敢于直言,既居谏官之位,屡次上书论政,因支持御史裴度等人,触犯时相,出为河南县尉。元和二年(807),因母亡丁忧去任。元和四年(809),得宰相裴垍提拔,任监察御史。因按狱充剑南东川详复使,访察民间疾苦,劾奏不法官吏,显示出作为御史的嶒峻风骨。

元稹出使回到长安,由于他不畏宦官权贵,敢于斗争,被分派到东都洛阳任职。但他毫不畏缩,继续揭发一些违法横行的官吏。元和五年(810),劾奏河南尹房式贪污,却以擅自令房式停职,被罚俸一季,召回长安。元稹回京途中,在华州敷水驿歇宿。宦官仇士良、刘士元后至,倚势强令元稹让出正厅,以马鞭击伤其面。宪宗包庇宦官,反而将他贬为江陵府士曹参军。白居易上书辩护,宪宗不加理睬。

元稹在江陵府五年。他本来寄希望于裴垍,在他的帮助下回朝。但裴垍于元和六年病逝,这对元稹是很大的打击。为了谋求仕进的出路,他不得不变易初衷,依附江陵尹、荆南节度使严绶,与监军使宦官崔潭峻交结。崔潭峻爱好元稹的诗,对他很为尊重。从与宦官斗争,转而与宦官交结,是元稹政治态度的一大转变。

元和十年(815),元稹奉诏回朝。因无有力者援引,又出为通州司马。元和十四年(819),元稹再度还朝,任膳部员外郎。元和十五年(820),宪宗为宦官陈弘志所杀,穆宗李恒即位。李恒当太子时就爱好元稹诗歌。崔潭峻回朝,又献上元稹的《连昌宫词》等百余篇诗,穆宗就更为赏识,即擢元稹为祠部郎中、知制诰。元稹改革诏书,力求纯厚明切,盛传一时。长庆元年(821),迁中书舍人。由于他与宦官魏弘简深相结纳,不久即得到提拔重用。长庆二年(822),以工部侍郎同平章事。居相位三月,即为依附另一派宦官的官员所倾轧,出为同州刺史,次年改浙东观察使。浙东会稽山水奇秀,元稹在任无所建树,放意邀游,寄情篇什。大和三年(829),入为尚书左丞,次年又出为武昌军节度使,在鄂二载,得暴疾卒于任所。

元稹在《叙诗寄乐天书》一文中,将自己的诗分为十体,按其内容可分为三类:一、旨意可观的讽谕诗;二、吟写性情、模象物色的抒情咏物诗;三、悼亡诗和艳诗。

讽谕诗在元稹诗篇中占有重要地位。他认为这些诗最有价值,"可备曚瞽之讽"。早在元和四年

(809)，元稹得到李绅所作《乐府新题》二十首，赞赏其"雅有所谓，不虚为文"；并"取其病时之尤急者"（《和李校书新题乐府十二首序》），和作了十二首，给白居易写作新乐府以很大的启发。这些诗的内容有强烈的现实性，如《西凉伎》写凉州沦陷于吐蕃，指斥边将置酒高会、不思收复失地等等，具有"词直气粗"的特点。但这些诗往往以论带诗，不能以诗见论，词意复杂，数意并存，造句遣词不够完美，逊于白居易之作。不过，他和刘猛、李余的《古乐府诗》十九首，却可与居易争胜。其中如《织妇词》、《田家词》写劳动人民受剥削的痛苦，《估客乐》揭露商人唯利是图、勾结官府的面貌，不仅有很高的认识价值，而且形象鲜明，主题突出，清峭精警，别具特色。其他许多感物寓意的古诗，也具有讽谕意义，如《分水岭》、《种竹》、《和乐天折剑头》等篇都属于有政治思想内容的咏怀言志之作。《连昌宫词》与《长恨歌》并称，同为以唐玄宗、杨玉环悲剧故事为题材的长诗，但元稹却将它作为"意亦可观，而流在乐府"的讽谕诗，着重通过连昌宫的今昔盛衰描绘，表达人民对和平的渴望和自己用文治而不用刀兵的政治主张。它在叙事详明、抒情宛转上不及

《长恨歌》，但对历史教训的反思与时世沧桑的感慨相互交融，具有蕴藉沉郁之美。

元稹写得最多的是属于抒情咏物诗。这些诗大都是五七言律体。这里面有花间尊前留连光景，以及志一时所感的"小碎篇章"，也包括驱驾文字、穷极声韵、或为千言、或为五百言的排律。元稹虽然将这些诗放在自己创作中的次要地位，但在艺术上力求创新，做到"韵律调新，属对无差，而风情宛然"（《上令狐相公诗启》）。《旧唐书·元稹传》称他"工为诗，善状咏风态物色"，即是指这类作品而言。如《生春》二十首，描摹初春到来时自然景物和人们生活、心理的微妙变化，确实思深语近，而又富于情致；《西归绝句》十二首写久谪归来的悲喜交集的心情，今昔变迁的凄怆，情景交融，悱恻动人。余如《菊花》诗风调清新；《岁日》诗感慨深沉；而《行宫》一诗以少胜多，包蕴丰富，余味不尽，尤为上乘之作。元稹与白居易唱和赠答的诗篇在集中占数甚多，这些诗不仅显示了他与白居易深厚的友谊，而且表现了他在宦海风波中升沉得失的感受。其中如《闻乐天授江州司马》、《酬乐天舟泊夜读微之诗》、《得乐天书》等都可见一斑。至于他"戏排旧韵,别创新词,名为次韵相酬,盖欲以难相挑"的长篇排律,如《酬翰林白学士代书一百韵》、《酬乐天东南行一百韵》则是逞才斗胜之作,只是可见诗人艺术的功力和才华而已。

元稹的艳诗和悼亡诗在艺术上最有特色。元稹原配韦氏,伉俪情深。韦氏不幸早逝,元稹抚存感往,曾以晋代诗人潘岳的《悼亡》诗为先例,写了多首悼念韦氏的诗篇。如《遣悲怀》三首、《六年春遣怀》八首等,着意刻画韦氏生前死后的种种景况,抒发思念之忱,缠绵往复,情真意切,感染力极强,堪称绝唱。他另有《哭子》、《哭女》等诗,也出自肺腑,写得哀音绵邈,凄切动人。至于他所写的艳体诗则擅于写男女爱情。他早年曾有一段恋爱经历,这些诗往往有其具体的真实感受。

三

白居易(772—846),字乐天,祖籍太原(今山西太原),曾祖父白温迁居下邽(今陕西渭南)。祖父白锽曾为河南巩县的县令,置田宅于新郑(今河南新郑)东郭里。白居易生于新郑,自幼聪慧,五六岁时，母亲教他学诗，九岁时已识声韵。十一岁时，父白季庚任徐州别驾。因河南河北藩镇叛乱，居易全家迁往徐州，复奉父命往南方避难，度过一段颠沛流离的生活。

白居易少有大志，刻苦攻读，昼夜不息，甚至"口舌成疮，手肘成胝"，为他应进士举和文学创作打下了坚实的基础。自德宗贞元三年(787)起，他曾在长安旅居三年，以《赋得古原草送别》一诗受到当时著名诗人顾况的称赏。但生活贫困，疾病缠身，终于回家。贞元九年(793)，白季庚移官襄阳(今湖北襄阳)，白居易随往任所。不久父亡，复依在浮梁(今江西景德镇)任主簿的长兄白幼文为生。贞元十五年(799)，宣歙观察使崔衍选拔他为应贡的进士，次年考取第四名进士，同榜共取十七名，以白居易年龄最小。贞元十八年(802)，考取书判拔萃科，授秘书省校书郎。元和元年，白居易参加才识兼茂、明于体用科的策试，入第四等，授盩厔县尉。元和二年(807)冬白居易授翰林院学士，次年授左拾遗。他身居谏官，克尽职守，"有阙必规，有违必谏"，对时政、朝官处理不当之处都直率地提出批评意见。如为在科举考试中录取敢言之士的有关官员辩诬,反对掠夺人民、以钱物邀宠的地方节度使入朝、入相,反对权势熏天的宦官吐突承璀任讨伐叛镇的兵马统帅,建议改革强买民谷、勒索农民的"和籴",为在旱灾中衣食困难的农民请求减免租税,揭露阌乡县虐害无辜的囚徒等等,充分体现出他不畏权贵、力图有为的精神。

白居易作了三年的谏官,他的言行遭到权贵的嫉恨,也引起宪宗的不满。元和五年(810),在秩满改官的时候,改任京兆府户曹参军,官俸有所增加,但他心情沉重,因目睹黑暗势力猖獗而自己无能为力,开始萌生了隐退的思想。元和六年(811),便以母丧归家,躬耕渭北,以诗自适。元和九年(814)服满,返京任太子左赞善大夫,这也是一个清闲的官职。元和十年(815),朝廷中发生了一件大事,宰相武元衡为平卢节度使李师道刺杀。白居易义愤填膺,率先上疏,请求急捕凶手,以肃法纪。但他这一正确举动,却受到一些官僚的攻击,认为他并非谏官,越职言事,同时又捏造他一些罪名,使宪宗把白居易贬为江州司马。这次被贬,使他对革新朝政丧失了信心,从对现实的积极有为的态度,转向消极无为。

在江州任所，白居易过着恬淡闲适的生活。虽然也有天涯沦落之感，但已决心从此不再过问世事，消除是非之心。他在庐山盖了一座草堂，与僧朋道侣交游，与元稹常有书信往还，诗篇唱和。他在初到江州的冬夜，曾给元稹写过一封长信，就是著名的《与元九书》。这封信既是他诗歌创作的理论总结，也是他立身处世的行动纲领。他以孟子"达则兼济天下，穷则独善其身"一语为依归，表明自己"志在兼济，行在独善，奉而始终之则为道，言而发明之则为诗"。这种封建士大夫仕隐进退的观念，支配着他一生，也影响到他的创作。

元和十三年（818），白居易改任忠州刺史。十五年还京，拜尚书司门员外郎，知制诰，进中书舍人。因国事日非，朝中朋党倾轧，屡次上书言事不听，于长庆二年（822）请求外任，出为杭州刺史，后又做过短期的苏州刺史。在杭州、苏州时均有善政，受到士民的爱戴。文宗大和元年（827），拜秘书监。次年转刑部侍郎。

自大和三年（829）58岁开始，白居易定居洛阳，先后担任太子宾客、河南尹、太子少傅等职，在洛阳过着饮酒弹琴、吟诗作文、游山玩水和"栖心释氏"

的生活。会昌六年(846)病卒。

白居易一生留下近三千篇诗作。他在江州时，曾整理、编集自己的诗作，分成讽谕、闲适、感伤和杂律四大类。

白居易的讽谕诗是他诗歌中最有思想成就的部分。这些诗大都作于他贬放江州之前，在任谏官时尤为多产，"手请谏纸，启奏之外，有可以救济人病，裨补时阙，而难于指言者，辄咏歌之"（白居易《与元九书》）。《秦中吟》是写在长安闻见的组诗。其中《重赋》、《伤宅》、《轻肥》、《歌舞》、《买花》，揭露社会矛盾，抨击封建统治阶级的奢靡淫佚，同情劳动人民的艰辛困苦，用语尖锐激烈，如"夺我身上暖，买尔眼前恩"（《重赋》）、"是岁江南旱，衢州人食人"之句站在人民立场上提出了悲愤的抗议，其无畏与深刻，在封建专制制度下的诗歌中是罕见的。《新乐府》是白居易一大创造。他有意以这一具有音乐性、通俗性的诗体批评时政，指摘唐宪宗李纯的失误，希望能传唱到宫中使其有所警惕；在体例上模仿《诗经》，整个组诗前有总序，每篇题下有揭示主题的小序，首句标目，卒章言志。其中如《上阳白发人》的"愍怨旷"，《新丰折臂翁》的"戒边功"，《缚戎人》的"达穷民之情",《两朱阁》的"刺佛寺寝多",《杜陵叟》的"伤农夫之困",《缭绫》的"念女工之劳",《卖炭翁》的"苦宫市"等,都指向李纯的好大喜功、横征暴敛、骄奢淫侈、崇信佛教,具有强烈的针对性。也正因此,《新乐府》不像《秦中吟》那样"直陈其事",指责激切,而是以事托讽,委婉劝喻。如《杜陵叟》痛斥官吏为虐人害物的豺狼,同时却对李纯虚假的降诏免税唱赞歌,为他开脱责任。其实,当时怨声载道的宫市是和李纯直接关联的,而白居易对这样尖锐的问题不敢表态,以致自坏其例:卒章没有言志,戛然而止。从此可见在封建社会中,臣下对君上的批评,还是有一定限度的。

白居易讽谕诗的题材非常广泛,内容非常丰富。除《秦中吟》、《新乐府》这两组有计划、有目的的讽谕诗外,其他或遇事有感,如《宿紫阁北村诗》写宦官的横行不法;或托物寓意,如《杏园中枣树》以枣树言用人,《李都尉古剑》以古剑喻直士等不一而足。值得称道的是白居易在讽谕诗中表现了对劳动人民的强烈的同情心,如"可怜身上衣正单,心忧炭贱愿天寒"(《卖炭翁》)之句,其所以能体贴入微,道得卖炭翁心中情,乃是由于诗人有己溺己饥的身受之感,设身处地地体念劳动人民的痛苦。在《观刈麦》、《村居苦寒》中,诗人以自身和饥寒中的劳动人民对比,萌生了内疚:"念彼深可愧,自问是何人。"而在《新制布裘》中则立志为民,表现了"稳暖皆如我,天下无寒人"的美好理想。

白居易的讽谕诗不仅有强烈的现实性、思想性,艺术上也极为成功。诗人长于叙事状物。这些诗主题集中,富于情节,性格鲜明,形象生动,往往以平易流畅的语言娓娓陈述,唱叹有情,扣人心弦,间有议论,发人深省,深刻的政治思想与典型的现实事件相统一,丰富的社会内容与生动的艺术形象相统一,精心细致的刻画与通俗浅显的语言相统一,使他的讽谕诗取得了高度的美学价值。

除讽谕诗外,白居易很重视他的闲适诗。这些诗均用五言古体写成,体现了他与"兼济之志"并行的"独善之义",其中心内容就是"知足保和,吟玩情性",摆脱名利纠缠与尘世烦恼,追求生活的安康与内心的平衡。它是属于传统的隐逸一类的诗篇,可见诗人品格的高洁与值得同情的苦衷。如《访陶公旧宅》慨叹陶渊明生于晋宋易代之际,心有所守而口不能言,赞赏他遗弃荣利,老死丘园,是有一定的社会意义的。但总的来说，不少闲适诗思想意义不高，而且内容较狭窄，题材较单调，甚至平庸乏味。由于他走的是一条与陶潜不同的"吏隐"的道路，他的闲适诗在思想的深度与艺术境界的创造上则逊于陶潜。

　　白居易的感伤诗和杂律诗实际上同属于以自我感受为中心的抒情诗，区别之处则在于感伤诗均用五言古体、乐府歌行，而不用律体。感伤诗是"事物牵于外，情理动于内，随感遇而形于叹咏者"，与闲适诗的旷达超脱，大异其趣。对无常的人生、多变的世情充满了伤感，言及仕途困顿、年华老大，戚戚多悲。其中《长恨歌》与《琵琶行》两篇传诵千古。《长恨歌》亦有讽谕意义，但诗人列入感伤诗，可见其旨在同情唐玄宗与杨玉环的悲剧，不同于元稹纯属讽谕的《连昌宫词》。中唐人民身处动乱艰辛之中，对往昔盛世怀有向往之情，从而对李隆基产生怀念而哀其不幸。白居易的伤感也反映了人民的伤感。诗中糅合民间传说，增加了浪漫主义色彩，也不同于他写讽谕诗时力求"其事核而实"的注重真实性的态度。《琵琶行》则以一位长安歌女的飘零沦落牵引起诗人的远谪之情而形诸笔墨，是诗人对自身遭遇命运的嗟叹。诗中以"同是天涯沦落人，相逢何必曾相识"作为主题，绾合主宾，使全诗笼罩着一片怨叹泣诉的气氛，迥异于他讽谕诗中所呈现的激切与愤慨。这两首诗都以强烈的抒情性感染读者，可见白居易对讽谕诗与非讽谕诗各有不同的美学要求，并在实践中都取得卓越的成就。

白居易不重视他的杂律，他认为这些诗"诱于一时一物，发于一笑一吟"，只是在"亲朋合散之际，取其释恨佐欢"，大部分缺乏深刻的思想意义与社会价值。但这些诗大部分毕竟是来自生活，有诗人真实的感受，加以诗人有娴熟的写作技巧，其中多有佳作。五律《赋得古原草送别》是诗人少年时的习作，在试帖诗的起承转合的程式中，已显示非凡思路和才华。诗人至性过人，友于甚笃，七律《自河南经乱，关内阻饥……聊书所怀，寄上浮梁大兄，於潜七兄，乌江十五兄，兼示符离及下邽弟妹》，写乱离中骨肉分散之悲、思乡之痛，极为感人。写景诗如七律《钱塘湖春行》《春题湖上》，七绝《暮江吟》，不仅写景如画，而且表现了诗人深长的情思，意味隽永。白居易运用律体极为纯熟，不受形式束缚，意到笔随，保持他一贯的平易的风格，有精纯和自然相统一的特色。

四

元稹与白居易在唐代齐名并称,他们亲密的友谊在文学史上留下了佳话。《唐才子传》称:"微之与白乐天最密,虽骨肉未至,爱慕之情,可欺金石,千里神交,若合符契,唱和之多,毋逾二公者。"贞元十九年(803),两人同时登科,同授秘书省校书郎,开始相识,"遂定死生之契,期于日月可盟,谊同金石,爱等弟兄"(元稹《祭翰林白学士太夫人文》),一生中在仕途上相互扶持,在生活上相互关心,在创作上相互影响和促进,自始至终都保持了深厚、真诚、纯挚的关系。

元稹和白居易极多相似之处。两人都出身于小官僚的家庭,早年家境都比较贫寒。元稹八岁丧父,"依倚舅族"(元稹《告赠皇考皇妣文》),白居易"少小孤且贫"(白居易《朱陈村诗》),在艰难困苦中,都由母亲启蒙,刻苦攻读,凭仗自己的知识才能,通过科举制度去取得功名富贵。因而对于社会弊病和民生疾苦都有许多的接触和认识,而又同抱济世之志。元稹曾赋诗明志:"济人无大小,誓不空济私。"(元稹《酬别致用》)白居易亦云:"仆志在兼济。"(白居易《与元九书》)元和初年,两人准备制举考试,退居华阳观,"揣摩当代之事,构成策目七十五门"(白居易《策林序》),对于时政的存在问题及其改革之道,思想观点完全一致。并且在步入仕途后,都站在进步的政治立场,梗直敢言,锐意进取,向权贵、宦官展开斗争,又同样地遭到不公正的指摘与迫害而被逐出朝廷,远贬外郡。在诗歌创作上,他们有一致的理论认识和价值取向,共同倡导讽谕诗创作。和中唐古文运动中韩愈、柳宗元一样,讽谕诗运动是以元稹、白居易两人的名字为标志的。尤其是两人不仅在诗歌理论上思想观点一致,而且在诗歌创作上的艺术素养相等,工力悉敌。元稹"九岁学赋诗",白居易"五六岁便学为诗",都是一生以诗为事,彼此唱和,"小通则以诗相戒,小穷则以诗相勉,索居则以诗相慰,同处则以诗相娱"(白居易《与元九书》),艺术上相互竞胜,既是诗友,又是诗敌。元稹的"感时发愤"的古体讽谕诗十七首是在白居易的诗篇启发下写的,而白居易的律体讽谕诗《放言》五首则是在元稹的诗篇启发下写成的。白居易有《长恨歌》，而元稹有《连昌宫词》；元稹有《琵琶歌》，而白居易有《琵琶行》。至于新乐府，则更是如此。通观元、白诗集，他们许多诗篇在思想内容、表现手法、语言技巧、艺术风格上往往难以区别。这是文学史上罕见的现象。

但是，就元、白一生立身处世和诗歌创作仔细推敲，也有相异之处。总的说来，元稹赋性高明刚锐，有比白居易更为强烈的入世观念与进取精神，对于功名事业抱有更大的期望。一生中勇往直前，无所避忌，"效职无避祸之心，临事有致命之志"（《诲侄等书》）。他曾赋诗明志："修身不言命，谋道不择时。达则济亿兆，穷亦济毫氂。"（元稹《酬别致用》）而白居易则显得沉潜稳重，有超世的思想，对富贵穷通并不执著。他立身之道是"达则兼济天下，穷则独善其身"，"时之来也，为云龙，为风鹏，勃然突然，陈力以出；时之不来也，为雾豹，为冥鸿，寂兮寥兮，奉身而退"（白居易《与元九书》）。这两种不同的人生态度互有短长。元稹固然优于积极入世，锐意进取，但不免有轻躁的因素，庸俗的成分；而白居易虽则劣于乐天知命，消极退撄，但却有"诡遇非吾志"（白居易《适意》），保持高洁品格的一面。两人被贬谪以后，都经历了宦海风波，各自得出不同的教训。元稹改变了原有的政治立场，从对宦官的斗争转而与宦官妥协，从而得居高位，仕途显达。也正因此，他的品格受到后人的疵议。而白居易却保持了一贯的政治立场，极力回避朝廷政治斗争的漩涡，甘居闲职，他的品格受到了后人的赞赏。但是，元稹立场虽有改变，但未易其济世之志；白居易虽则闲居，未易其关怀人民之心。因此，元、白从不曾因仕宦的穷通、出处的差异而损害友谊。正如白居易所说："不为同登科，不为同署官。所合在方寸，心源无异端。"（白居易《赠元稹》）

从性格上比较，元稹更多有政治家的气质，而白居易则更有诗人的风度。济世与拯民虽不可分，但元稹侧重于济世，而白居易则侧重于拯民。这在他们的讽谕诗中有明显的表现。白居易同情人民不幸，"唯歌生民病，愿得天子知"，他的诗每多仁者之言，恻隐之语，表现出一位诗人的强烈的人道主义精神。元稹则出于时政利弊的考虑，"雅有所谓，不虚为文"而"讽兴当时之事"，他的诗每多智者之言，议论之语，表现一位政治家对现实的认识。如同题之作《上阳白发人》，白居易注目的是幽居深宫的宫女的不幸命运，而元稹虽也表现同情，但却认为"此类贱嫔何足言，帝子天孙古称贵"，由此而论及皇室男女未能及时婚嫁的问题。又如《缚戎人》一诗，在白居易是同情一位汉人沦落番邦而百计逃归、无辜为俘的悲惨遭遇，在元稹则着重从没入番中的汉人思归指责边将不能收复失地。《长恨歌》与《连昌宫词》的差异，也就在一则重在写李、杨的悲剧，同情多于讽谕；一则重在鉴古知今，讽谕多于同情。白居易常有如"稳暖皆如我，天下无寒人"（白居易《新制布裘》）一类表现了诗人仁心爱意、感人至深的诗句，那是少见于元稹集中的。元稹《古题乐府》中的《织妇词》、《田家词》能关心织妇、农夫的苦难，是他讽谕诗中最佳之作。

元、白诗歌在艺术上的差异得失，和他们的思想性格，也是有着内在联系的。李肇《国史补》认为"元和以后"，"学浅切于白居易，学淫靡于元稹"。就其全部作品的创作倾向而言，颇得其实。元稹争强好胜，更为注重诗的形式美；而白居易则相反。这从他们对待近体诗的态度可以见出。元稹推崇杜甫，不仅在其思想性，更在其艺术性。他特别倾倒于杜甫的近体诗,认为它"铺陈终始,排比声韵,大或千言,次犹数百,词气豪迈而风调清深,属对律切而脱弃凡近",连李白也不能企及。固然工近体的沈佺期、宋之问"不存寄兴",就是工古体而有兴寄的陈子昂也"未暇旁备"(元稹《叙诗寄乐天书》)。白居易则对近体诗虽然写得很多,态度上却是轻视的,自称这些诗"率然成章,非平生所尚者",在编定文集时可以删去(白居易《与元九书》)。近体诗是最讲究形式美的诗体,对近体诗的态度也就反映了他们对诗歌的思想性与艺术性各有轻重。元稹以"全盛之气,注射语言,杂揉精粗,遂成多大"(元稹《叙诗寄乐天书》),自有"淫靡"之病;而白居易惟在救济民病,吟咏情性而不务华藻丽词,必然形成"浅切"的特色。

由于上述思想与艺术观点差异,使他们诗歌成就有高低之别,而白居易高于元稹。元稹的讽谕诗没有白居易那样深刻尖锐,他甚至"罪尤是惧,固不敢陈露于人"(元稹《上令狐相公诗启》);而白居易却是"不惧权豪怒,亦任亲朋讥"(白居易《寄唐生诗》)。而在艺术上,元稹以"模象物色"为新题乐府艺术特色,因而注重遣词造句却又往往凝重纤密,甚至晦涩；而白居易新乐府则是向"其辞质而径"，"其体顺而肆"方面努力，放言披露，明朗条畅。在其他诗篇中，特别是近体诗中，白居易虽然不像写讽谕诗那样"不求宫律高，不务文字奇"，也注重诗歌的艺术形式美；但不求纤密之巧，无夸多斗靡之习，比元稹更显得清新流丽，从容安详。在他们唱和之作中，往往白居易后来居上，更胜一筹。只是元稹由于对近体诗颇下工夫，力求"思深语近"，"风情宛然"，所以他的悼亡诗和艳诗的艺术成就较白居易为高。

五

本书选译了元稹诗23篇，白居易49篇，共72篇。所选均为其有代表性的优秀作品，希望从中见出元、白诗作思想特色与艺术成就的面貌。虽然白居易长于元稹，而且诗艺高于元稹，本书重点也在白居易，但历来元、白并称，仍在排名次序上元先白后。至于诗篇次序则按写作年代编排，年代不可考者列于卷末。本书所据版本为《四部丛刊》影印《元氏长庆集》和《白氏长庆集》，但亦参校他本，取其善者。注文以简明为原则，也有必要的串讲，以便阅读。译文以直译为主，而且大部分均依原韵，力求通顺流畅，不失原意而又略具原作韵味。由于学识所限，疏漏失误之处在所难免，敬希匡正。

吴大逵（北京大学中国古文献中心）
马秀娟（北京大学中国古文献中心）

元 稹 诗

菊 花

　　在旧时诗文中,常将菊花作为封建士大夫道德品质的象征。元稹这首赏菊之作,约作于贞元十八年(802)。菊花在一年中开放最晚,诗中从这一自然现象着笔,说出自己特别喜爱菊花的心理原因,并不在于它无意与百花争春的谦退与淡泊,而在于它开后无花,显示出在萧瑟深秋独斗风霜的风姿。立意新颖,不落俗套,表现了诗人在政治上排难而进、锐意革新的意志和决心。白居易《禁中九日对菊花酒忆元九》一诗云:"尽日吟君爱菊诗。"对这首诗深表赞赏。

秋丛绕舍似陶家①，遍绕篱边日渐斜②。

不是花中偏爱菊③，此花开尽更无花④。

【翻译】

一丛丛秋菊环绕屋舍，好似陶潜的家。

我在篱笆旁转游，不觉那红日渐渐西斜。

并非我在百花中对菊花特别钟爱，

只因它开放以后，再没有花。

① 秋丛：指丛丛菊花。陶：陶渊明。 ② 绕：走曲折的路。这里是转游的意思。篱：篱笆，用竹、木、芦苇等编成的围墙或屏障。 ③ 偏爱：不公正、不平均的爱。 ④ 更：复、再。这句的意思是说只有菊花能在深秋开放，而它一旦凋谢，便无花景可供玩赏。

西 凉 伎 [1]

　　元和四年(809),元稹作《和李校书(李
绅)新题乐府》十二首。所谓《新题乐府》就是
改变过去拟赋乐府古题的习惯,以新题写时
事的乐府式的诗。李绅所作有二十首,元稹
在诗序中称赞它"雅有所谓,不虚为文",并
"取其病时之尤急者,列而和之"。本篇为第
四首。安史乱后,唐王朝国势衰弱,被吐蕃乘
机侵占的西北河湟地区,长期未能收复。诗

---

　　[1] 西凉伎:凉州少数民族的歌舞。西凉,东晋安帝隆安
四年,凉州李暠自称凉公,都酒泉(今甘肃酒泉),史称西凉。
伎,女乐。

中以今昔对比的手法，描绘了凉州的繁华以及诸国来朝的大唐帝国的声威，突出地显示当前凉州沦陷、国境日蹙的凄凉景象。面对边将宴饮游乐而不思恢复，诗人愤慨地进行了谴责。白居易亦有同题之作，都表现出可贵的爱国主义精神。

吾闻昔日西凉州①，人烟扑地桑柘稠②。葡萄酒熟恣行乐③，红艳青旗朱粉楼④。楼下当垆称卓女⑤，楼头伴客名莫愁⑥。乡人不识离别苦，更卒多为沉滞游⑦。

---

① 凉州：西汉时所置州，十六国时前凉、后凉、北凉皆在此建国，唐时辖境在今甘肃永昌以东、天祝以西一带。 ② 人烟：指住户。扑地：满地。柘（zhè 这）：柘树，桑科，叶可饲蚕。稠：稠密。 ③ 恣：恣意、放纵。 ④ 青旗：酒帘，古代酒店用来招引顾客的布招。 ⑤ 当垆：坐在垆边卖酒。垆，古代酒店安置酒瓮的土墩。卓女：即卓文君。西汉蜀中富人卓王孙之女，偕司马相如私奔，曾在临邛卖酒。这里借指女店主。 ⑥ 莫愁：古代乐府民歌中传说的女子，这里借指女侍。 ⑦ 更（gēng 庚）卒：戍守边地的士兵。因其服役有定期，轮流替换，故称更卒。沉滞：沉迷滞留。这句的意思是说在凉州戍守的士兵乐不思乡，流连忘返。

哥舒开府设高宴①,八珍九酝当前头②。前头百戏竞撩乱③,丸剑跳踯霜雪浮④。狮子摇光毛彩竖⑤,胡姬醉舞筋骨柔⑥。大宛来献赤汗马⑦,赞普亦奉翠茸裘⑧。一朝燕贼乱中国⑨,河湟忽尽空遗丘⑩。开远门前万里

① 哥舒:即哥舒翰,唐代著名将领,长期驻守边地,以战功封西平郡王。安禄山叛乱时,出守潼关,兵败投降,为安禄山所杀。开府:成立府署,自选僚属。这里指哥舒翰任陇右、河西节度使,建立军府,镇守一方。高宴:盛宴。 ② 八珍:旧说有八种最珍贵的食品,这里泛指精美的菜肴。九酝(yùn运):汉代的酒名,酿造很难,自正月至八月始成。这里泛指美酒。 ③ 竞:比赛、争逐。撩乱:同"缭乱",纷乱。 ④ 丸剑:弄丸与舞剑。弄丸:一种杂技。丸,球。霜雪浮:形容弄丸与舞剑表演精彩,但见白光闪动,如霜雪飘浮。 ⑤ 狮子:狮子舞,凉州少数民族的一种歌舞。亦称五方狮子舞,属太平乐曲。 ⑥ 胡姬:侍酒的胡女。胡,古代对北方和西方各少数民族的通称。 ⑦ 大宛(yuān冤):古西域国名。天宝三载(744),唐玄宗改其国名为宁远,并封宗室女为和义公主,嫁其国王。赤汗马:亦名汗血马,大宛所产的名种千里马,马汗色红,故名。 ⑧ 赞普:吐蕃君主的称号。吐蕃(bō波),古代藏族政权名。翠茸(róng绒)裘:亦称翠云裘,以翠鸟羽毛织成云纹的袍子。 ⑨ 燕(yān烟)贼:指安禄山。安禄山为河北方镇,其地古属燕地。中国:此代指京城。 ⑩ 河湟:指黄河、湟水两流域地。今甘肃省河西走廊与青海省东北部,安史乱后,地入吐蕃。遗丘:指战后的废墟。

堠①,今来蹙到行原州②。去京五百而近何其逼③！天子县内半没为荒陬④。西凉之道尔阻修⑤。连城边将但高会⑥,每听此曲能不羞⑦！

【翻译】

我听说从前西部的凉州,

到处有人家,桑柘长得稠。

---

① 开远门:唐代长安西北的城门,隋时名开远门,唐时改称安远门,这里沿用旧称。万里堠(hòu 后):唐代自长安至安西(唐代安西都护府驻地,在今新疆吐鲁番市境)远达万里,沿途立堠,故称万里堠。堠,古代探察敌情土堡。元稹自注:"平时开远门外立堠,云去安西九千九百里。" ② 来:语气词。蹙(cù 促):收缩。行:暂时设立的意思。原州:唐代州名。治所本在固原县(今甘肃固原)。因原州陷于吐蕃,乃将治所暂设于临泾县(今甘肃镇原)。 ③ 去:距离。京:京城,指长安。逼:狭窄、局促。以上三句的意思是说过去从长安到安西有万里之远,都是唐王朝的国土,由于吐蕃侵入,如今到暂设的原州还不到五百里,就是边界。 ④ 县:古称帝王所居之地,即国都所在地及其行政官署所管辖的地区。没:没落。荒陬(zōu 邹):荒僻的角落。陬,隅。 ⑤ 尔:此,指凉州。阻修:阻隔修远。修,长。这句慨叹凉州为吐蕃侵占,沦为异域,与长安不相往来。 ⑥ 高会:盛会,指盛宴。 ⑦ 此曲:指凉州歌舞曲。这句的意思是说凉州久失,将领们不思收复失土,仍以凉州的歌舞音乐饮酒作乐。

葡萄酒酿熟了，纵情作乐，

红艳艳的酒帘，涂朱抹粉的酒楼。

楼下卖酒的老板娘称做卓文君，

楼上陪客的女招待名唤莫愁。

当地人不知道离别的痛苦，

戍卒们大都乐不思家，沉湎遨游。

哥舒翰建立军府，陈设盛宴，

宴席上摆满了名贵的佳肴美酒。

各种杂耍对着宴席竞相表演，

剑光飞舞，弹丸抛掷，像是霜雪飘浮。

狮子摇摆着，遍体光彩，毛发直竖，

胡姬迷狂地扭动腰肢，筋软骨柔。

大宛献上著名的赤汗马，

赞普进贡珍贵的翠云裘。

一旦安禄山作乱攻陷了京都，

河湟地区一下子沦陷，只剩下废丘。

开远门前的堠堡曾通向万里外的安西，

如今却收缩到暂设的原州。

距京城不到五百里就是边境，多么局促！

京畿域内半数湮没为荒僻的地头。

通往京城的大道上，从此阻隔了凉州。

这一带边城的将领只知饮酒作乐，

每当听到凉州歌舞曲能不抱愧含羞！

江　花　落

　　元和四年(809),元稹以监察御史出使剑南东川(唐方镇名,治所在今四川三台),本篇作于途中。当时暮春三月,诗中写嘉陵江边即景所见。洁白的梨花身不由己,为江风吹裹,终于不可避免地落入江水,随波逐流而去。物犹如此,人何以堪。诗人通过梨花凋谢飘零情状的描述,对美好事物的沦落消逝表示了深沉的惋惜与慨叹。白居易亦有和作,题为《江岸梨》。

日暮嘉陵江水东①,梨花万片逐江风②。

江花何处最肠断③,半途江流半在空。

【翻译】

　　傍晚时在嘉陵江水以东,

　　成万片的梨花追逐着江风。

　　江花在什么地方最使人肠断?

　　一半已落入江流,一半还飘在空中。

---

　　① 嘉陵江:长江上游支流,在四川省东部。 ② 逐:追逐。
这句的意思是说江上的风吹裹着飘零的落花,看起来像是落
花追逐着风。 ③ 肠断:即断肠、断魂,使人肝胆欲碎、伤心不
已的意思。

遣悲怀三首

　　元稹的原配妻子姓韦，名丛，是太子少保韦夏卿的幼女，二十岁时嫁与元稹。婚后夫妇和睦，感情深厚。当时元稹任校书郎，官职卑微，经济拮据。韦丛非常贤惠，和元稹共同过着穷困的生活而毫无怨言，给元稹很大的支持和帮助。元和四年（809）七月，韦丛不幸去世，年仅二十七岁。元稹对亡妻思念不已，写了很多悼亡诗，情真意切。《遣悲怀》三首七言律诗，第一首追忆往日的艰苦处境与韦丛的体贴关怀，表达了共贫贱而未能共富贵的遗憾；第二首描写韦丛死后的情景，以施舍旧衣、怜惜婢仆寄托深切的哀思；第三首慨叹人生短暂，一死便成永别，抒发了没有穷尽的长恨。三首诗直抒胸臆，朴素自然，夫妻间真挚的情爱洋溢于字里行间，凄苦酸辛，感人至深，是古代悼亡诗中的名篇。

谢公最小偏怜女①，嫁与黔娄百事乖②。
顾我无衣搜荩箧③，泥他沽酒拔金钗④。
野蔬充膳甘长藿⑤，落叶添薪仰古槐⑥。

---

① 谢公：指谢安，字安石。东晋陈郡阳夏（今河南太康）人，出身士族，孝武帝时位至宰相。侄女谢道韫有才，谢安很喜欢她。韦丛的父亲韦夏卿亦为士族，官至太子少保，钟爱幼女，因以谢安借指韦夏卿。公，对谢安的尊称。偏怜：偏爱。　② 黔（qián 前）娄：战国时齐国隐士。齐、鲁国君曾聘请他为官，他都拒绝。家甚贫，死时衾不蔽体。这里借以自指，含有居贫而清高的意思。乖：违背，这里是不称心、不顺利的意思。以上两句的意思是说韦丛出身高贵，又得父亲怜爱，却下嫁一个有傲气的寒士过着困苦的生活。　③ 顾：看。荩箧（jìn qiè 尽怯）：一种草制的衣箱。荩，草名。箧，小箱子。　④ 泥（nì）：软求，软缠。沽：买。以上两句写韦丛对丈夫的体贴和照顾。　⑤ 野蔬：野菜。充：充当。膳：饮食。甘：这里是吃得香甜的意思。长藿（huò 货）：豆类的叶子。豆科植物有很长的枝蔓，故云。　⑥ 薪：柴火。仰：依靠。以上两句写韦丛安于贫困。

今日俸钱过十万①，与君营奠复营斋②。

【翻译】

　　你是韦少保最小的女儿，受到父亲偏爱，
　　自从嫁给我这个穷书生，件件事不遂心怀。
　　见我缺衣穿，你翻遍了草制的衣箱，
　　为了买酒喝，我竟缠着你拔下金钗。
　　你采野菜当饭，长豆叶也居然吃得甘甜，
　　你扫落叶添柴，总是依靠高大的古槐。
　　如今啊！我的俸钱已经超过十万，
　　却只能为你备办祭品，请僧道做斋。

昔日戏言身后意③，今朝皆到眼前来。
衣裳已施行看尽④，针线犹存未忍开。

---

　　① 俸钱：俸禄，旧时官吏所得的薪水。过十万：超过了十万钱，形容生活很富裕。　② 营：营求，筹办。奠(diàn 电)：祭奠，向死者供献祭品。斋：本指斋戒，古人在祭祀前沐浴更衣，戒酒戒荤以示诚敬。唐代佛教、道教盛行，这里当是指延请僧、道，超度死者，俗称"做斋"。以上两句慨叹韦丛已故，富贵无用，只能营奠营斋以表心意。　③ 戏言：开玩笑的话。身后意：死后的安排，遗嘱的意思。这里指下文所说的施舍旧衣与怜惜婢仆，可见韦丛生前既贤淑，又仁慈。　④ 施：施舍，给人财物。行看尽：即将完尽。

尚想旧情怜婢仆①，也曾因梦送钱财②。

诚知此恨人人有③，贫贱夫妻百事哀④。

【翻译】

从前开玩笑，你说过死后的安排，

谁料想今天在眼前一一到来。

你缝制的旧衣赠送穷人，已将完尽，

你用过的针线仍然存在，我不忍打开。

还想到你生前怜惜婢仆的旧情，

也曾经凭借梦境为你送去赏赐的钱财。

我深深知道这样的憾恨人人皆有，

共过贫贱的夫妻啊！百事可哀。

闲坐悲君亦自悲，百年都是几多时⑤。

———————

① 旧情：指韦丛生前的怜惜婢仆之情。 ② 因：凭借，依靠。以上两句的意思是说韦丛生前怜惜婢仆，今已亡故，不能以钱财供她作赏赐之用，只能在梦中送去。 ③ 诚：确实。④ 贫贱夫妻：这里指曾经共过贫贱生活的夫妻。以上两句的意思是说他人亦有亡妻之恨，但对共贫贱而未能共富贵的夫妻来说，遗憾的事情更多，不限于上述两端。 ⑤ 百年：指短促的人生。这两句的意思是说韦丛虽属早逝，但从短促的人生百年来看，自己活着的日子也不很多。

邓攸无子寻知命①，潘岳悼亡犹费词②。

同穴窅冥何所望③，他生缘会更难期④。

唯将终夜长开眼⑤，报答平生未展眉⑥。

【翻译】

　　闲时坐着悲伤，为了你也为了我自己，

----

　　① 邓攸：西晋人，字伯道，曾任河东太守。战乱中携子侄逃难，恐难两全，于是弃去己子，保全侄儿，后终无子。时人为他抱憾地说："天道无知，使邓伯道无儿。"这里借指与韦丛婚后无子。寻：不久。　② 潘岳：西晋文学家，字安仁，曾任河阳令、著作郎、给事黄门郎等职，后为赵王司马伦及孙秀所杀。他长于诗赋，与陆机齐名，妻死，作《悼亡诗》三首。这里借指本篇。悼(dào道)亡：哀悼死者。悼，悲伤。费词：徒费言词，意思是说过去的一切无法补偿，悼亡之词，不过是自我安慰的空话。以上两句慨叹自己无子丧妻，命运堪悲，无可奈何。　③ 同穴：同穴而葬，指夫妻合葬。穴，墓穴。窅冥(yǎo míng 咬名)：深远难见的样子，形容死后无知。何所望：有什么指望。望，指死后重聚。　④ 他生：再世，来生。缘会：指结为夫妇。缘，缘分。会，会合。期：期待，等待。以上两句写永难再晤的长恨，意思是说：死后无知，即使合葬也是徒然，至于来生结为夫妇的说法更是渺茫无稽，难以期待。　⑤ 终夜：整夜。开眼：睁开眼睛，指思念韦丛而不眠。　⑥ 未展眉：皱起眉头。指韦丛生前操劳忧虑而心情忧郁。展，开。以上两句的意思是说韦丛已逝，往日体贴照顾的深情无法报答，只有痛苦的思念而已。

人生不过百年，我又能活几多时！

我没有儿子，现在已悟到命该如此，

就是写诗悼念你，尚且是白费言词。

死后无知，即使合葬又有何意义？

再世的姻缘更是难以期待，渺茫无稽。

我只有通宵不眠，常睁着两眼，

报答你一辈子为了我愁锁双眉。

离思五首(选一)

这是一首著名的悼亡绝句,抒写了诗人对亡妻韦丛忠贞不渝的爱情和刻骨的思念。"曾经沧海难为水,除却巫山不是云"句向为人所称颂。这两句之深刻感人在于诗人撷取了世间最阔大壮美的沧海之水与巫山之云来暗喻夫妻之间的深挚感情,除却"沧海水"、"巫山云"世上再没有可称其为"水"和"云"之物了,世上又有哪种感情能胜过自己与妻子之爱呢?这奇警的比喻将爱妻之情物化了,形象地将埋藏于心底的情感全盘托出。第三句是实写亦是暗喻:诗人过花丛却懒于欣赏,面对鲜花也不能赏心悦目,足见思人之切;更深层的意思却是对任何如花的女子自己也无心动情,说明对亡妻爱的专一。此诗取譬精警而出语自然,感情强烈而蕴藉深沉。

曾经沧海难为水①,除却巫山不是云②。
取次花丛懒回顾③,半缘修道半缘君④。

【翻译】

见了大海再难找到宽阔的水,
除去巫山哪里还有美丽的云!
信步经过花丛,我无心顾视欣赏,
这缘故一半是为修道,一半是为君。

①"曾经"句:此句由《孟子·尽心》"观于海者难为水"变化而来。意思是说沧海宽阔无比,到过沧海的人,再也难找到可以与其比并的水。 ②"除却"句:巫山在重庆巫山县东,为巴山山脉的高峰,有十二峰,终年白云缭绕,据宋玉《高唐赋序》说,此云为神女所化。这句是说,除去巫山的云,天下再也找不到能称其为云的了。 ③取次花丛:信步走过花丛。取次,任意、随便。回顾:回头看。 ④缘:因为。修道:有两方面的意思,一是指尊佛奉道,一是指自身的学问道德修养。这里两层内容都包含在内。

行　宫①

　　唐玄宗李隆基前期励精图治，出现了史家赞称的开元盛世。但他晚年荒淫昏聩，又导致安、史叛乱，从此大唐帝国一蹶不振。中晚唐诗人对本朝开元盛世，每有不尽的怀念和向往。本篇可能在唐宪宗元和四年（809）作于洛阳。以当年唐玄宗在洛阳的行宫为题，强烈地抒发了今昔盛衰之感。在冷落寂寞的行宫中，一群白发宫女闲坐谈说开元、天宝年间唐玄宗的遗事，惆怅哀伤，令人低徊不已。元稹和白居易一样，对唐玄宗这位集功过于一身的前代君主，都

① 行宫：古代供帝王出行时居住的宫室。

抱有一种既敬仰又遗憾的复杂感情。这在元稹的《连昌宫词》和白居易的《长恨歌》中有显著的表现。本篇则以少胜多，意在言外，思而得之，更有余味。

寥落古行宫①，宫花寂寞红②。

白头宫女在，闲坐说玄宗③。

【翻译】

多么冷落啊！这往日的行宫，

宫中花朵寂寞地开放，依旧一片红。

当年的宫女头发都白了，仍然健在，

她们闲坐无聊，谈说着唐玄宗。

---

① 寥落：冷落、寂寞。 ② 这句的意思是说宫中花朵开放，但无人欣赏游玩，显得凄凉寂寞。 ③ 玄宗：唐玄宗(685—762)李隆基。

分 水 岭

　　元和五年（810），元稹任东台监察御史，因与宦官仇士良、刘士元争住驿厅，受到他们的侮辱。宪宗包庇宦官，反将元稹贬为江陵府士曹参军。白居易为他上书申辩，宪宗不纳。元稹负气而行，途中作诗十七首，寄给白居易，本篇乃其中之一。诗中用比兴手法描述溪水与井水的相异之处，揭示仕途中奔走经营者与坚贞自守者两类人的性格特征，并以后者自誓，表明对这次远谪的态度。全诗思想鲜明，语言激切，显示了诗人的贞心直气。对溪水与井水的观察也十分细致，刻画生动，喻指贴切。

崔嵬分水岭①，高下与云平。上有分流水，东西随势倾②。朝同一源出，暮隔千里情。风雨各自异，波澜相背惊。势高竞奔注，势曲已回萦③。偶值当途石④，蹙缩又纵横⑤。有时遭孔穴，变作呜咽声⑥。褊浅无所用⑦，奔波奚所营⑧？团团井中水，不复东西征。上应美人意⑨，中涵孤月明⑩。旋风四面起，井深波不生。坚冰一时合，井深冻不成。终年汲引绝⑪，不耗复不盈⑫。五月金石铄⑬，既寒亦既清⑭。易时不易性⑮，改邑不改名⑯。定

---

① 崔嵬(wéi 违)：山势高峻的样子。　② 这两句的意思是说岭上的水顺着山势，向东西两侧分别下注。　③ 回萦(yíng 营)：盘旋，回绕。　④ 值：逢着，遇上。当：遮拦、阻挡。　⑤ 蹙(cù 促)缩：迫促，收敛。纵横：奔放，不受拘束。　⑥ 呜咽：低声哭泣。这里形容溪水与石洞撞击所发出的声音。　⑦ 褊(biǎn 扁)浅：狭隘不深。　⑧ 奔波：忙碌地来往奔走。奚：何。营：营求，谋求。　⑨ 这句的意思是指美人在井上照影。　⑩ 涵：包含、包容。　⑪ 汲引：从井中取水。绝：尽、穷尽。　⑫ 耗：消耗，减损。盈：满。　⑬ 铄(shuò 朔)：熔化，这句的意思是形容天气极热，可以熔化金石。　⑭ 既：已经、已然。　⑮ 时：指季节。性：本性。这句的意思是说季节虽有寒暑变化，但井水始终保持恒温。　⑯ 邑：泛指一般小城市。古代人住邑中必须饮水，因此邑必有井。《易·井》卦辞："改邑不改井，无丧无得。"意思是说邑可以迁移，井总是要有的。

如拱北极①，莹若烧玉英②。君门客如水③，日夜随势行④。君看守心者⑤，井水为君盟⑥。

【翻译】

这分水岭多么高峻，

它耸立天空，与云齐平。

岭上有两支分流的溪水，

一东一西，顺着山坡斜倾。

它们早晨从同一源头流出，

到晚来千里阻隔，不再亲近。

各自经风历雨，有不同的遭遇。

彼此相背而流，一样地波澜大兴。

地势高陡就争着奔驰下注，

地势弯曲便缓慢地回旋盘萦。

偶然碰上挡着水路的石头，

先是急迫收敛，绕过它又任性直奔。

---

① 拱北极：古代以北极星地位最尊，众星环绕其侧。拱，拱卫、环绕。 ② 莹(yíng营)：明亮。玉英：美玉。英，精英。古人用火烧玉，试其美恶。《淮南子·俶真》："钟山之玉炊以炉炭，三日三夜而色泽不变。" ③ 水：指溪水。 ④ 势：语意双关，包含地势与权势。 ⑤ 守心者：坚贞自守的人。 ⑥ 盟：起誓。

有时撞上石头上的洞穴，

就发出呜呜咽咽的声音。

这溪水又狭又浅，毫无用处，

它奔走忙碌，又作什么经营？

那团团的静止的井水，

再也不向四方作长途远行。

井上回应着美人照水的心意，

井中映照出孤月的光明。

纵然周围刮起了阵阵旋风，

深深的井水却波澜不兴。

尽管寒冬里一时坚冰凝合，

深深的井水也不会冻成冰。

人们整年不断地汲取井水，

既不见它消耗，也不见它满盈。

五月的炎热足以熔化金石，

井水还是那么冷，那么清。

如季节更换，它不更换本性；

如城市改变，它不改变原名。

它那么安定，像拱卫北极的群星，

它那么明亮，像经得起火烧的玉英。

您门下的宾客如同溪水，

日日夜夜随着势利奔行。

您得注重那些有操守的人士，

他们立下誓言，要像井水那样忠贞。

种　竹 并序

　　本篇作于元和五年(810)江陵任所。诗中以比兴象征的手法描述所种秋竹的生长情况,用以自喻。诗人贬谪江陵所受到的沉重打击,政治理想幻灭的悲哀,以及回转朝廷的企盼,一一于诗中传出。全诗言竹即是言己,稳当贴切,吻合无痕。语意凄怆哀怨,伤感的情绪相当浓重。与同年所作《和乐天折剑头》一诗的激昂奋发相比,显示了元稹性格的另一侧面。

　　昔乐天赠予诗云:"无波古井水①,有节秋竹竿②。"予秋来种竹厅下,因而有怀③,聊书十韵④。

　　昔公怜我直⑤,比之秋竹竿。秋来苦相忆⑥,种竹厅前看⑦。失地颜色改⑧,伤根枝叶残⑨。清风犹淅淅⑩,高节空团团⑪。鸣蝉聒暮景⑫,跳蛙集幽栏⑬。尘土复昼夜,梢云良独难⑭。丹丘信云远⑮,安得临仙

---

　　① 波:水波。这里喻指世人计较富贵贫贱的心思。② 节:竹节。这里喻指正直坚贞的节操。以上两句见白居易诗《赠元稹》。意思是赞美元稹志行高洁,像古井水不起波澜,像秋竹竿直而有节。　③ 怀:怀念、想念。　④ 聊:姑且,暂且。十韵:古诗两句一韵,这首诗有二十句,共十韵。　⑤ 公:对白居易的敬称。怜:怜惜,爱惜。直:正直。　⑥ 苦:极、很。⑦ 看:这里是观赏的意思。　⑧ 失地:失去故地。指竹子移栽,离开原来生长的地方。　⑨ 以上两句以竹子失地伤根而色改叶残喻指自己贬谪江陵所受到的伤害。　⑩ 淅(xī 西)淅:微风的声音。　⑪ 高节:指竹竿与竹节。团团:形容竹子枝叶凝聚的样子。以上的意思是说竹子不能成长,那种枝叶茂盛、风摇影动的样子不可得见。　⑫ 聒(guō 郭):喧扰、嘈杂。暮景:晚景,傍晚的时候。　⑬ 幽栏:幽深的井栏。以上两句描绘秋景,渲染黯淡凄凉的气氛。　⑭ 梢云:枝梢拂云。竹子长成,高可参天而云浮枝梢。良:确实。独:特。以上两句的意思是说竹子在尘封土掩中难以成长,喻指自己仕途失意,不能有所作为。　⑮ 丹丘:神话传说中的仙山。信:确实。云:语气助词。

坛①。瘴江冬草绿②,何人惊岁寒③。可怜亭亭干④,一一青琅玕⑤。孤凤竟不至⑥,坐伤时节阑⑦。

【翻译】

　　从前乐天曾送我一首诗,诗中说:"无波古井水,有节秋竹竿。"秋天到来,我在厅前种竹,因此而有所怀念,姑且写下这二十句诗。

从前您看重我禀性正直,
把我比做秋竹的竹竿。
秋天到来时很想念您,
在厅前栽种竹子赏玩。

————————

① 安:怎么。临:到。坛:庭院中种花养草的土坛。以上两句喻指希望调回朝廷,但非常困难。 ② 瘴江:有瘴气的江边,这里指长江边。瘴气:旧指南方山林间湿热蒸郁、致人疾病的气。 ③ 以上两句的意思是说南方的气候温暖,野草过冬也保持绿色,因此人们并不觉得竹子经霜耐寒的可贵,喻指自己虽然志行高洁,但在江陵并不为时人所重。 ④ 亭亭:高高直立的样子。 ⑤ 青琅玕(láng gān 郎干):形容竹子。琅玕,美石。 ⑥ 孤凤:无偶的雄凤。传说凤凰以竹子为食。 ⑦ 坐伤:空伤、徒伤。时季:季节。阑:尽。以上两句以孤凤不至、时节将晚喻指年华逝去,竟无人赏识荐引。

可是它离开旧土，改变了颜色，

竹根受了伤，枝叶也凋残。

微风仍然淅淅地吹来，

却不见它竿高节壮，枝叶团团。

知了在傍晚时鸣声嘈杂，

跳动的青蛙聚集在幽暗的井栏。

它日日夜夜被尘土封掩，

要长到枝梢拂云确实非常困难。

那仙山丹丘多么遥远，

它怎能栽种在仙人的花坛。

在这湿热多瘴的江边，冬草也有绿色，

又有谁惊叹它经霜耐寒。

可惜这亭亭直立的枝干，

一根根像青色的琅玕。

孤单的凤凰竟然不来光顾，

时节将尽，它只有空自伤感。

和乐天折剑头

　　元和五年（810），白居易作《折剑头》一诗，元稹在江陵任所亦有和篇。但两诗思想内容各有侧重。白居易原诗有"勿轻直折剑，犹胜曲全钩"之句，以折剑为喻，歌颂宁折毋曲的刚直精神，显示出坚持斗争、无所顾惜的决心和勇气。元稹此篇则以为直折之剑固属可贵，但更希望能风云会合，乘时而起，实现"将断佞臣头"（白居易《李都尉古剑》）、"剑拂佞臣首"（元稹《说剑》）这一扫除奸佞、澄清朝政的理想。诗意激昂奋发，虽处贬谪之中，仍流露出英风豪气，表现了强烈的积极进取的愿望和对未来的信心。

闻君得折剑，一片雄心起。讵意铁蛟龙①，潜在延津水②。风云会一合③，呼吸期万里④。雷震山岳碎，电斩鲸鲵死⑤。莫但宝剑头⑥，剑头非此比。

【翻译】

听说您得到折断的宝剑，

一片雄心随即奋起。

难道联想起那钢铁的蛟龙，

它还潜藏在延津水里？

一旦风云际会，时机到来，

它希望一下子就立功万里。

① 讵：岂、难道。铁蛟龙：指宝剑。 ② 延津：古代黄河渡口，今河南延津西北至滑县以北。以上两句用丰城宝剑事。晋代张华与雷焕望见有紫气在斗星、牛星之间，雷焕认为这是剑气，定有宝剑藏在豫章丰城（今江西丰城）。张华便任他为丰城令，在丰城牢狱的地下掘得宝剑一对，一名龙泉，一名太阿，两人各取其一。张华死后，其剑失踪；雷焕将剑传给儿子雷华，在经过延津时，剑忽跃入水中，与另一剑会合，化为双龙（事见《晋书·张华传》）。 ③ 风云：古人有"云从龙，风从虎"（《易·乾·文言》）之说，意思是说同类相感，后因以"风云"比喻人生际遇。会：当、应。合：遇合。 ④ 呼吸：一息之间，片刻。期：希望。万里：意思是说立功于万里之外。⑤ 鲸鲵(ní 倪)：水栖哺乳动物，外形似鱼，雄性名鲸，雌性名鲵。这里比喻凶恶的坏人。 ⑥ 但：只、仅。

像雷霆震碎山岳，

像电闪斩死鲸鲵。

您休要珍惜宝剑的剑头，

折断的剑头怎能和它相比。

六年春遣怀八首(选一)

元和六年(811),元稹在江陵任所,时值寒食节,因怀念亡妻韦丛,作《遣怀》八首,缠绵婉转,极尽凄苦之情。本篇是其中的第五首。诗中写长日沉饮以遣丧妻之痛,而醉中仍不能忘怀,其夫妻情谊之深挚可以想见。全诗用笔深曲,前两句写愁深无可解,唯以大醉消愁,已令人伤感不已;后两句则写潜意识中未能"遣",更是沉痛之至。醉中错向左右感泣,醒来惊怪,欲慰无从。此情此景,实可催人泪下。

伴客销愁长日饮①,偶然乘兴便醺醺②。

怪来醒后旁人泣,醉里时时错问君③。

【翻译】

我和客人在一起消愁解闷,整天宴饮,

一时兴起,便喝得大醉醺醺。

醒来后但见旁人哭泣,真是奇怪,

原来我在醉中仍时时呼唤着你。

---

① 销:通"消"。长日:整天。 ② 乘兴:趁一时高兴,兴之
所至。醺(xūn 熏)醺:酒醉的样子。 ③ 错问:意思是说醉中
忘记妻子已逝,仍像生前一样地呼唤她。

西归绝句十二首（选二）

　　元稹被贬为江陵府士曹参军达五年之久，于元和十年（815）正月奉诏回朝，作《西归绝句》十二首，写他在途中与到京后的心情与感受。这里选了两首：第一首写车行途中，渐近长安，不觉惊喜交迸，恍如梦中，充分表现出多年梦想成为现实的兴奋与喜悦，而往昔贬谪生活的屈辱与辛酸亦寄寓其中。第二首写水路经过武关时接到友人书信的欢欣，首句虽致慨于往昔，但历尽寒冬，毕竟又迎来暖春。结句即景抒情，以景寓情，桃花开遍商山这一绚丽的图景生动地体现出诗人阅信时的内心境界。前诗浓郁深沉，后诗开朗舒畅，各具特色。

双堠频频减去程①,渐知身得近京城②。

春来爱有归乡梦,一半犹疑梦里行。

【翻译】

双堠不断地后退,减少了回京的途程,

知道了即将接近京城。

往常春天到来,总爱有归乡的梦境,

这时候还仿佛以为是梦里行。

五年江上损容颜③,今日春风到武关④。

两纸京书临水读⑤,小桃花树满商山⑥。

【翻译】

五年来的江边生活损伤了容颜,

---

① 堠(hòu 后):古代道路中记里程的土堆。频(pín 贫)频:屡次,连续不断。这句的意思是说车行向前,土堆不断地后退,越行越少,意味着路程缩短。 ② 渐知:正知。京城:指长安。 ③ 江上:指在江陵。损:损伤。这句的意思是说五年的贬谪生活使身心受到伤害,容颜衰老。 ④ 武关:地名,今陕西商县东。 ⑤ 纸:指文书的件数或张数。京书:自京城寄来的书信。元稹自注:“得复言、乐天书。”复言,李谅,时为祠部员外郎。乐天,白居易,时为左赞善大夫。 ⑥ 商山:在商县东南,又名商阪、地肺山、楚山。

今天啊，伴着春风到了武关。
当我对水展读两封京城的书信，
小桃树正在开花，遍布商山。

闻乐天授江州司马①

元和十年(815),元稹由江陵士曹参军改授通州(今四川达县)司马,到任不久,即得瘴疾几死。这时,白居易由左赞善大夫贬为江州司马。元稹在病危中闻知这一消息,一时惊痛交集,写了这首诗寄给白居易,不仅表示了朋友之间的同情与慰问,而且显示出政治失意的强烈共鸣。诗中以凄凉黯淡的景物渲染出环境的悲剧气氛,以垂死突然坐起描绘出骤闻友人遭贬的极

① 授:授职,任命。江州:即九江郡,治所在今江西九江,本为隋朝旧郡名,唐时改为浔阳。这里沿用旧称。司马:官名。唐代以司马为州刺史的辅佐之官,协助处理州务。

度震惊,情景交融,真实生动地表达了诗人当时的感受,哀伤怨苦,扣人心弦。白居易读此诗说:"此句他人尚不可闻,况仆心哉!"(《与元九书》)

残灯无焰影憧憧①,此夕闻君谪九江②。
垂死病中惊坐起③,暗风吹雨入寒窗。

【翻译】

没有火苗的灯快要熄灭,光影憧憧,
在今夜里突然闻知你贬谪九江。
我已经病重将死,震惊得坐了起来,
风在暗中吹来雨点,敲打寒窗。

---

① 残灯:快要熄灭的灯。残,剩余。焰:火苗。憧(chōng 充)憧:摇曳不定的样子。 ② 夕:夜。谪(zhé 哲):古代官吏因罪被降职或流放。 ③ 垂死:病危。

酬乐天舟泊夜读微之诗^①

元稹与白居易同遭贬谪,彼此诗篇赠答往来不绝。白居易原诗为《舟中读元九诗》,写于赴江州舟中。本篇则写于通州任所,时为元和十年(815)。其中抒发的情感及其表现手法与《闻乐天授江州司马》一诗相似,但诗人心情较为平静,易凄厉为凄惋。风雨满山,杜宇哀啼,诗以景语作结,而贬逐之痛、羁旅之愁见于言外。

① 酬:酬唱,以诗文互相赠答。泊(bó 驳):停船靠岸。

知君暗泊西江岸①，读我闲诗欲到明②。

今夜通州还不睡，满山风雨杜鹃声③。

【翻译】

得知你暗夜里停泊在西江岸边，

阅我消闲的诗将要读到天明。

今夜里我在通州也不能入睡，

满山风雨声中只听得杜鹃的哀鸣。

---

① 西江：长江下游安徽、江西一带地方。 ② 闲诗：消闲遣兴的诗。 ③ 杜鹃：鸟名，亦名杜宇。杜宇，相传为周末蜀国帝王，号望帝，失国而死，其魂化为鹃，鸣声甚悲。

得 乐 天 书

　　本篇作于唐宪宗元和十一年(816),其时元稹与白居易各在任所,通州与江州之间,常有书信往还,赠送衣物,互相关切。两人且又同遭贬谪,沦落天涯,元稹每得居易信函,总是激动不已。这首诗即景即情,意到笔随,首句起得突兀:刚见到江州来的信使,就立刻高兴得流下眼泪,未得信的思念之切与得信的欣慰可以想见。次句写自己异乎寻常的表现使妻子吃惊,女儿啼哭,这一场面很有戏剧性。三、四两句写妻子的忖度和揣想,点出主题。诗的语言自然朴素,因平见奇。诗人通过妻子之口道出自己心事,出以揣测之词,戛然而止,既有生活情趣,摇曳生姿,又含蕴有味,耐人思索。

远信入门先有泪[①],妻惊女哭问何如[②]。

寻常不省曾如此[③],应是江州司马书[④]。

【翻译】

远来的信使刚进门,我就流下眼泪,

妻子吃惊女儿哭,探询什么原因。

"平常不曾有过这样的事情,

该是江州司马寄来了书信。"

---

① 信:送信的人。古人称使者为"信",称信函为"书"。
② 妻:元稹的继室裴淑。女:元稹亡妾所生女,名降真。
③ 寻常:平常。省(xǐng 醒):犹"曾"。这句"省"、"曾"两词重言同义。 ④ 应是:该是。以上两句是裴淑的揣测之语。元稹曾言"通之人莫可与言诗者",与居易唱酬之事,"唯妻淑在旁知状"(见《酬乐天东南行诗一百韵》序),所以她能敏感地窥视丈夫的内心。

生　　春（选一）

　　元和十二年（817），元稹以《生春》为题，写了五言律诗二十首。每首诗以"何处生春早、春生××中"为首联，均押"中"、"风"、"融"、"丛"四韵，是因难见巧的逞才游戏之作。诗中通过自然景物与人们感受的描述，显示春天的到来，抒发探春、迎春的喜悦心情。本篇为其第十四首，着重写人们的感受。诗人善于捕捉人们在冬尽春来时微妙的心理动态，曲意描摹，生动活泼，富于情致。

何处生春早,春生人意中①。

晓妆虽近火,晴戏渐怜风②。

暗入心情懒③,先添酒思融④。

预知花好恶⑤,偏在最深丛。

【翻译】

什么地方春天来得最早?

它来自人们的情态之中。

晨起梳妆,虽然还在烤火,

晴天玩耍,已是喜爱当风。

不知不觉地使你心情疏懒,

早就增添你饮酒的乐趣,安适和融。

要想知道花儿将开得怎样,

它偏偏隐藏在草木丛中。

---

① 意:人们流露的情态。 ② 晴戏:晴天在户外游戏。渐:正。这两句的意思是说早晨虽冷,但中午时已暖。 ③ 暗:暗地里,不知不觉地。 ④ 先:早。酒思:酒意。融(róng 绒):和乐安适的样子。这两句是说人们感到有点困倦,喝着酒更觉舒服适意。 ⑤ 好恶:好丑。这两句的意思是说要预先知道它开得怎样,但花尚未开,好像隐藏在草木丛中。

织 妇 词

　　元和十二年(817),元稹选和进士刘猛、李
余所作的《乐府古题》,共十九首,"寓意古题,刺
美见事",创作精神和他的新题乐府完全一致,
而艺术形式更为完美。本篇是其中的第八首。
唐代纺织业很发达,当时产丝地区荆州的首府
江陵(今湖北江陵)是纺织中心,有专业织锦户,
专织款式新颖、花样奇巧的高级彩锦进贡。在
这首诗中,诗人对纺织女工的苦难生活寄予了
深切的同情,揭露了统治者对劳动人民残酷的
压迫与剥削,表现出可贵的人道主义精神。诗
的主题突出,形象鲜明,语言平易流畅。结尾四
句即景生情,巧设譬喻,通过织妇对蜘蛛悬空结

网的叹羡，以人不如虫之感刻画出她们的内心怨苦，语意悲怆动人。

织妇何太忙？蚕经三卧行欲老①。蚕神女圣早成丝②，今年丝税抽征早③。早征非是官人恶④，去岁官家事戎索⑤。征人战苦束刀疮⑥，主将勋高换罗幕⑦。缫丝织帛犹努力⑧，变缉撩机苦难织⑨。东家头白双女儿⑩，

① 三卧：即三眠。蚕自初生至成蛹，蜕皮三次，蜕皮时不食不动，故称三眠。四眠后便上簇结茧。行：将。 ② 蚕神女圣：指嫘(léi雷)祖，古代神话传说中的黄帝妻子，养蚕治丝的创始人。北周以后被祀为蚕神。这句的意思是说织妇向蚕神祈祷，保佑蚕没有病害，早日出丝。 ③ 抽征：提取征收。 ④ 官人：指征收丝税的官吏。 ⑤ 官家：古代对皇帝的一种称呼。事：从事。戎索：戎人之法。戎，古代泛指我国西部的少数民族。索，法度。"事戎索"的意思是以戎人的法度治理戎人，指边境对少数民族的战争。 ⑥ 征人：出征的军士。束：捆扎包裹。 ⑦ 主将：军队的统帅。勋：功劳。罗幕：丝织的帷幕。这两句的意思是说政府征丝使用，既需要粗织的帛，也需要精织的绫罗。 ⑧ 缫(sāo搔)丝：抽茧出丝。帛：丝织物的总称。犹：尚且。 ⑨ 变缉(qī欺)：纺织时变动丝缕。缉，缝织。撩机：拨动织机。苦：极，最。这句的意思是说纺织时变换丝线脉理而织成花纹，非常困难。 ⑩ 东家：东邻。

为解挑纹嫁不得①。檐前袅袅游丝上②,上有蜘蛛巧来往。羡他虫豸解缘天③,能向虚空织罗网。

【翻译】

纺织妇女为什么非常忙碌?

蚕儿已经三眠,快要老了。

但望蚕神娘娘保佑,快快出丝,

今年丝税的征收比往年来得早。

提早收税倒不是官员们心肠狠,

只因为皇上去年进行边境战争。

士兵们作战辛苦,要包扎刀剑创伤,

将领们功高升官,要换上新的罗幕。

抽丝织帛尚且费很多气力,

拨动织机来变换丝缕更是难织。

东边邻居的两个女儿头发都白了,

只因为会挑花纹不能嫁出。

---

① 解:能、会。挑纹:挑花,纺织的专门技术,在织花布或锦缎时,依据花样设计,在经线上用钩针挑成花纹。元稹自注:"余掾(yuàn院)荆时,目击贡绫户有终老不嫁之女。"
② 袅(niǎo鸟)袅:摇曳的样子。游丝:蜘蛛等所吐的丝,因其飘荡空中,故称游丝。 ③ 虫豸(zhì至):泛指禽兽以外的小动物。有脚叫做虫,无脚叫做豸。

在那屋檐前摇曳飘动的游丝上，
有一只蜘蛛灵巧地来来往往。
羡慕它虫儿能爬向虚空，
不用织机就可以结成丝网。

田 家 词

　　本篇为《乐府古题》第九首。从元和十二年（817），上溯天宝十四载（755）安史之乱，已达六十余年。这一时期中，唐王朝平定藩镇叛乱，抵御吐蕃侵入，战争连年不断，庞大的军费加重了农民负担。诗人为民请命，反映了广大农民艰辛劳动而不得温饱的困苦处境，对官府的残酷掠夺进行控诉。诗的结尾表明，人民将希望寄托于政治的清明与国家的安定，否则子子孙孙将永沦苦海。全诗写一位老农的遭遇，并将他与耕牛结合起来描绘。老农是老牛的主人，而老牛又是老农的象征，人牛同悲而相形益彰，颇具艺术巧思，增强了诗的感染力量。

元
稹
白
居
易
诗
选
译

　　牛吒吒,田确确①,旱块敲牛蹄趵趵②,种得官仓珠
颗谷③。六十年来兵簇簇④,月月食粮车辘辘⑤。一日官
军收海服⑥,驱牛驾车食牛肉⑦。归来收得牛两角,重铸
锄犁作斤斸⑧。姑舂妇担去输官⑨,输官不足归卖屋。
愿官早胜仇早覆⑩,农死有儿牛有犊⑪,誓不遣官军粮
不足⑫。

---

　　① 吒(zhà 诈)吒:赶牛时口中吆喝的声音。确(què 却)
确:坚硬。　② 旱块:干硬的土块。趵(bó 剥)趵:牛蹄行走时
踏地的声音。　③ 官仓:政府的粮仓。珠颗谷:谷粒饱满,润
泽如珠。这句的意思是说种出的好谷都输入官仓。　④ 簇(cù
促)簇:聚集的样子。　⑤ 辘(lù 鹿)辘:车子行走的声音。以
上两句的意思是说战争连年不断,每月要驾车运送军粮。
⑥ 海服:边疆、边境。海,古人认为我国疆土四面环海。服,
古代天子所居的外围地方。这里所说的"收海服",是指唐王
朝平定藩镇吴元济叛乱的战争,元和十三年(818)方取得胜
利,收复了淮、蔡地区。　⑦ 这句是说农民驾牛车送粮,官军
连牛都吃了。　⑧ 斤:斧头。斸(zhǔ 主):大锄。　⑨ 舂(chōng
冲):用杵臼捣去谷物的皮壳。输:输送,缴纳。　⑩ 仇:指叛乱
的藩镇与入扰的少数民族。　⑪ 犊(dú 独):小牛。　⑫ 不遣:
不使、不放。以上三句的意思是说希望国家早日安定,否则
老农的儿子仍要送粮,小牛仍要被杀。"誓不遣"不是表示决
心,而是一种无可奈何的语气。

【翻译】

　　赶牛声吒吒，

　　田地硬梆梆，

　　干土块敲得牛蹄剥剥响，

　　种出珍珠似的谷子进官仓。

　　六十年来，哪一天不打仗？

　　车声辘辘，月月要送军粮。

　　有一天官军去平乱，

　　赶着老牛拉车，牛肉都吃光。

　　回家时只收得牛儿两只角，

　　重铸犁锄，还是耕田忙。

　　婆婆舂米媳妇挑，再去交官粮，

　　交纳不够数，回来卖住房。

　　但望仇敌覆灭，官家早日打胜仗，

　　老农死了有儿子，老牛死了有小牛，

　　决不使官军缺军粮。

估　客　乐①

　　本篇为《乐府古题》第十九首。诗中写一个商人发迹起家的过程。元稹持有封建社会重农抑商的传统观点。他以批判的态度尖锐地揭示商人的活动对农村自然经济的冲击，对封建秩序的破坏，以及对统治政权的腐蚀。在他笔下的商人是一个被否定的反面人物，欺诈行为和卑劣心理被刻画得淋漓尽致，显示出商人唯利是图的本质。诗人虽然对使人堕落的金钱力量感到厌恶和恐惧，但只能发出无可奈何的慨叹。全诗题材新颖，反映真实，叙事扼要，描绘生动，

---

① 估客乐：乐府《西曲歌》名。估客，商贩。

政治家的思维与诗人的激情结合起来,是一首出色的讽谕诗。

估客无住着①,有利身则行。出门求伙伴②,入户辞父兄③。父兄相教示④:"求利莫求名。求名有所避⑤,求利无不营⑥。"伙伴相勒缚⑦:"卖假莫卖诚⑧。交关但交假⑨,交假本生轻⑩。"自兹相将去⑪,誓死意不更⑫。一解市头语⑬,便无邻里情。鍮石打臂钏⑭,糯米吹项璎⑮。归来村中卖,敲作金石声。村中田舍娘⑯,贵贱不敢争。所费百钱本,已得十倍赢⑰。颜色转光净⑱,饮食亦甘

① 住着:固定的住处。 ② 伙伴:这里指结伴做生意的人。 ③ 辞:辞别。 ④ 教示:教导训示。这句的意思是说父兄指点做生意的诀窍。 ⑤ 避:回避。 ⑥ 营:经营。以上两句的意思是说求名应当有所不为,而求利可以不问是非、不择手段而无所不为。 ⑦ 勒缚:约束、规定。 ⑧ 假:指假货。诚:真,指真货。 ⑨ 交关:来往、交通。这里指做买卖。但:只。 ⑩ 本生(shèng圣):本钱。生,资财。 ⑪ 自兹:从此。相将去:相随结伴而去。将,扶、持的意思。 ⑫ 更:变更、更改。 ⑬ 解:能、会。市头语:市场中的行话。 ⑭ 鍮(tōu偷):一种色如黄金的黄铜。臂钏(chuàn串):手镯。 ⑮ 项璎:项圈。以上两句的意思是说一些妇女儿童的装饰品本用金制成,而商贩用假货来冒充。 ⑯ 田舍娘:农村妇女。 ⑰ 赢:赢利、赚钱。 ⑱ 颜色:指容貌与服饰。光净:光鲜净洁。

馨①。子本频蕃息②,货贩日兼并③。求珠驾沧海④,采玉上荆衡⑤。北买党项马⑥,西擒吐蕃鹦⑦。炎洲布火浣⑧,蜀地锦织成⑨。越婢脂肉滑⑩,奚僮眉眼明⑪。通算衣食费⑫,不计远近程⑬。经游天下偏⑭,却到长安城⑮。城中东西市,闻客次第迎⑯。迎客兼说客⑰,多财为势倾⑱。客心本明黠⑲,闻语心已惊⑳。先问十常

---

① 甘馨(xīn 欣):指美味的食品。馨,香。 ② 子:利钱。本:本钱。蕃:繁殖。息:生长。这句的意思是说本利不断地相生,利上生利。 ③ 货贩:做生意。货,买进。贩,买物卖出。兼并:吞并市场。 ④ 驾:驾船。 ⑤ 荆衡:荆山和衡山。荆山在湖北省西部,以产玉著名。衡山在湖南省衡山县西。两山古代均属楚地,因连类而及。 ⑥ 党项:唐代西北地区的少数民族,其地出产良马。 ⑦ 吐蕃鹦:我国西南部产鹦鹉,其地当时属吐蕃。 ⑧ 炎洲:泛指南方一带。布火浣:即火浣布,石棉布的古称,可用火烧除去布上的污渍。 ⑨ 锦织成:即织成锦,古代名贵的织物。唐代有翠织成、锦织成等名称。⑩ 越婢:浙江的婢女。越,今浙江一带。婢,年轻的女仆。⑪ 奚僮:奚族的僮仆。奚,唐代北方的少数民族。 ⑫ 通算:通盘筹算。衣食费:指贩运货物所需的费用。 ⑬ 远近:偏义复词,指路途很远。 ⑭ 经游:经,旅程;游,游历。 ⑮ 却:返回的意思。 ⑯ 次第:依次。 ⑰ 说(shuì 税):劝说。 ⑱ 势:指有权势的人。倾:倾陷,倾复。 ⑲ 明:精明。黠(xiá 霞):聪明而狡猾。 ⑳ 惊:吃惊,这里是引起警惕的意思。

侍①,次求百公卿②。侯家与主第③,点缀无不精④。归来始安坐,富与王者勍⑤。市卒酒肉臭⑥,县胥家舍成⑦。岂唯绝言语⑧,奔走极使令⑨。大儿贩材木,巧识梁栋形。小儿贩盐卤⑩,不入州县征⑪。一身偃市利⑫,突若截海鲸⑬。钩距不敢下⑭,下则牙齿横⑮。生为估客乐,判尔乐一生⑯。尔又生两子,钱刀何岁平⑰!

---

① 问:看望,拜望。十常侍:东汉末年,宦官中有十个常侍,权势很大。这里借指当时有权势的宦官。常侍,官名,经常在皇帝身边,东汉以宦官充任。 ② 求:求见,拜访。百公卿:朝廷中的许多高级官员。公卿,三公九卿,这里泛指高级官员。 ③ 侯家:王侯的家。主第:公主的住宅。 ④ 点缀(zhuì赘):这里指致送财物。精:精到。 ⑤ 勍:通"京",大。意为富可与王侯相比。 ⑥ 市卒:维持市场秩序的小吏。 ⑦ 县胥:县衙里的小吏。以上两句的意思是说市卒和里胥都因得到了商人的贿赂而致富,生活优裕。 ⑧ 绝言语:不说话。意思是说市卒里胥包庇商人,对他的违法行为不加干涉。绝,断。 ⑨ 极:尽。 ⑩ 卤(lǔ鲁):一种盐。 ⑪ 征:赋税。唐代盐商的户籍虽在州县,但又直属国家盐铁机关,州县不能征收租税。 ⑫ 偃(yǎn眼)市利:压倒别人、独占市利的意思。偃,仰卧、卧倒。 ⑬ 突:奔突,冲撞。截(jié节)海鲸:横在海面上的大鲸鱼。截,拦阻。 ⑭ 钩距:钓钩。 ⑮ 牙齿横:喻指商人对侵犯者的反抗。 ⑯ 判:同拚,豁出去、甘愿的意思。 ⑰ 钱刀:古代一种形状如刀的钱币,这里指货币。以上两句的意思是说商贩世代相传,金钱的势力永远为害社会。

【翻译】

　　商贩没有固定的住所，

　　哪里有钱赚，人就哪里行。

　　出门去约好一些同伴，

　　回家来辞别老父、长兄。

　　父、兄给他一番教导：

　　"做生意只求实惠，不求虚名。

　　求名不免有所避忌，

　　求利尽可放手经营。"

　　伙伴们也相互约定：

　　"货物卖假不卖真。

　　做生意只要弄虚作假，

　　准定赚头重，本钱轻。"

　　从此成帮结伙一道干，

　　坑人利己的主意誓死不变更。

　　自从会说市场里的行话，

　　就失去了乡里的亲情。

　　黄铜铸就的金手镯明晃晃，

　　糯米吹成的玉项圈亮晶晶。

　　贩回来沿村叫卖，

　　敲出金石般的声音。

　　村中都是些农家妇女，

对价钱的高低不敢相争。

成本只花费百把个钱,

赚得的利润十倍有零。

混身上下光鲜净洁,

吃的喝的也甜美香馨。

本利相生,越赚越多,

买进卖出不断把市场吞并。

求购珍珠而驾船渡海,

采运美玉又远上荆、衡;

往北去买党项的骏马,

向西去捉吐蕃的名鹦;

炎州出产火浣布,

蜀地出产锦织成。

浙江的婢女肌肤细嫩,

奚族的男僮眉眼清俊。

只消将衣食路费通盘筹算,

不管贩运的路程是远是近。

他的行踪遍及全国,

然后又回到长安都城。

城中东、西市场的商人闻讯,

一个个前往表示欢迎。

他们既表欢迎,又忠言相告:

财主们往往为权势者所控。

他本来就很精明狡猾，

听了这话更是神会心领。

首先去巴结当权的太监，

然后再拜谒众多公卿。

王侯之家和公主宅第，

处处应酬得周到细心。

回家来才过上安稳的日子，

享荣华富贵比王侯更强。

市卒靠着他有吃不尽的酒肉，

县吏靠着他把屋舍建成。

对他不但不敢多一句嘴，

而且奔走门下，听凭使唤命令。

他的大儿子做木材生意，

善于辨别梁栋的原形。

小儿子是个大盐商，

用不着向州县交税应征。

他独个儿垄断市场，

霸道得像是横截海面的大鲸。

钓钩哪里敢放下去，

放下去就张开巨口，利牙纵横。

生在世上做一个商人真是快乐，

就算让你快乐地度过一生。

可是你又生出两个儿子，

金钱这个祸害啊，什么时候能够平定！

水上寄乐天

本篇约作于元和十二年(817)至十三年间。诗人于月夜泛舟水上,对景怀人,凄然命笔,寄给在九江的白居易。诗中表达了对挚友的深切怀念,虽路途远隔,难以聚首,但共此明月江水,相思相忆,千里同心。全诗平易亲切,一往深情。由于采用顶针连环句式,诗句回环往复,连绵不断,更使人一唱三叹,韵味无穷。

眼前明月水,先入汉江流①。

———————

① 汉江:一称汉水。长江最大的支流。源出陕西宁强县,流经陕西、湖北两省,在武汉入江。

汉水流江海，西江过庾楼①。

庾楼今夜月，君岂在楼头。

万一楼头望，还应望我愁。

【翻译】

眼前是明月映照的江水，

先进入汉江，与它合流。

汉江水流向长江大海，

到西江时经过庾楼。

今夜庾楼一样好明月，

难道你也站立在楼头？

如果你正在楼头眺望，

还该是为思念我而生愁。

---

① 西江：这里指江州，今江西九江。庾楼：东晋时贵戚庾亮任征西将军，镇守武昌，曾建一楼，名庾楼。江州亦有庾楼，乃后人纪念庾亮而建。

寄 乐 天

　　本篇作于元和十三年(818)通州任所。元稹与白居易都是少怀壮志,年轻气盛,以济世拯民为已任。两人意气相投,一同致力于朝政革新,但仕途险恶,同被远谪。诗中回忆年轻时的往事,对比今日的处境,不胜岁月蹉跎、有志难伸之感,为白居易悲伤,也是为自已悲伤。瞻望未来,前途何在? 虽不曾意绪消沉,却也迷惘困惑。诗人的九折回肠、百般伤感,在诗中以常语出之而浅中见深,表现出志士失路、才人沦落的悲哀,令人慨叹不已。

闲夜思君坐到明①,追寻往事倍伤情②。

同登科后心相合③,初得官时髭未生④。

二十年来谙世事⑤,三千里外老江城⑥。

犹应更有前途在⑦,知向人间何处寻。

【翻译】

夜闲无事想念你,一直坐到天明,

回想当年在一起的往事,更加伤情。

我俩一同登科后心意投合,

初次得官时胡须未生,多么年轻。

二十年来,都已经熟悉人情世事,

三千里外,你竟然坐老江城。

我俩理应更有美好的前程,

却不知在人间向何处追寻。

---

① 闲夜:夜闲无事。 ② 伤情:情感受到创伤而痛苦。
③ 同登科:唐德宗贞元十八年(802),元稹与白居易同登书判
拔萃科,一同授秘书省校书郎。三年任满,又同住长安华阳
观,准备制举考试,同登才识兼茂、明于体用科。登科,亦称
登第,古代科举考试考中进士。合:投合。 ④ 髭(zī资):嘴
唇上部的胡须。 ⑤ 谙(ān庵):熟悉。 ⑥ 三千里外:指江州
距离长安遥远。老江城:老于江城。江城,指江州。这句的
意思是慨叹白居易远谪江州、虚度年华而无所作为。 ⑦ 犹应:
尚须,还当。更:复、再。前途:前面的路程,指未来的境况。

连 昌 宫 词①

　　本篇作于元和十三年(818)通州任所。安史之乱使唐王朝由盛而衰,宪宗时改革朝政,有一些中兴气象。这一年春天,平定了淮西吴元济的叛乱,国内暂告稳定。诗中以一老人之口对比连昌宫今昔的盛衰,表现了人民对再见升平、重开盛世的向往。诗人先写唐明皇与杨贵妃在连昌宫时的豪华景象与热闹场面,次写乱后宫中的荒废破败,冷落凄凉,不胜伤感。最后检讨唐玄宗朝政的得失与致乱的因由,并规讽

---

　　① 连昌宫:唐别宫名。在河南郡寿安县(今河南宜阳),是唐代皇帝由长安往洛阳的途中行宫之一。

唐宪宗吸取历史教训,力求文治,不用刀兵,反映了当时人心思定的愿望。全诗铺陈缕述,笔情细腻。诗人未曾到过连昌宫,唐玄宗与杨贵妃同时临幸,也非历史事实,所写纯属想象。题材与体制明显地受到白居易《长恨歌》和《新乐府》的影响。

连昌宫中满宫竹,岁久无人森似束①。又有墙头千叶桃②,风动落花红簌簌③。宫边老翁为予泣:"小年进食曾因入④。上皇正在望仙楼⑤,太真同凭栏干立⑥。楼上楼前尽珠翠⑦,炫转荧煌照天地⑧。归来如梦复如痴,

---

① 森:森森,树木茂密的样子。束:捆扎。这句的意思是说竹子枝叶茂密,纠结一起而形如捆束。 ② 千叶桃:即碧桃。千叶,指重叠的花瓣。 ③ 簌(sù速)簌:花落的样子。 ④ 小年:即少年。进食:向皇帝进献食物。 ⑤ 上皇:指唐玄宗李隆基,因他传位肃宗李亨,故称上皇。望仙楼:骊山华清宫中楼名,这里是借用。 ⑥ 太真:即贵妃杨玉环,她曾出家为女道士,道号太真。凭:靠着。 ⑦ 珠翠:指以珍珠翡翠为妆饰的宫女。 ⑧ 炫(xuàn玄去声)转:光彩照耀流转。荧(yíng营):即荧荧,微光闪烁的样子。煌:即煌煌,明亮的样子。

何暇备言宫里事①?初过寒食一百六②,店舍无烟宫树绿③。夜半月高弦索鸣,贺老琵琶定场屋④。力士传呼觅念奴⑤,念奴潜伴诸郎宿⑥。须臾觅得又连催⑦,特敕街中许燃烛⑧。春娇满眼睡红绡⑨,掠削云鬟旋妆束⑩。飞上九天歌一声⑪,二十五郎吹管逐⑫。逡巡大遍《凉州》

---

① 备言:详细地说。 ② 寒食:节名,在冬至后一百零六天(一说是一百零五天),即清明前一天(或前二天)。古代风俗在这一节日不举火,故名寒食。 ③ 烟:指炊烟。 ④ 贺老:指贺怀智,唐玄宗时著名乐师,善弹琵琶。定场屋:演奏精彩,艺压全场。 ⑤ 力士:即高力士,唐玄宗最宠信的太监。传呼:传旨召唤。念奴:唐玄宗时著名的女歌手。据元稹自注,当时群众爱听念奴演唱。年节时宫楼下设宴,万人观看,拥挤喧哗,官员们无法禁止,众乐为之罢奏。唐玄宗命高力士在楼上高声宣布:由念奴唱歌,邠(bīn 宾)王二十五郎吹小管笛。群众立刻安静下来。 ⑥ 潜:暗中,偷偷地。诸郎:指供奉宫廷的一些年轻艺人。郎,少年男子。 ⑦ 须臾:一会儿。 ⑧ 敕:皇帝的命令。 ⑨ 春娇:形容女子睡醒的情态。红绡:指红纱帐。绡,薄纱。 ⑩ 掠削:指用手整理一下头发。云鬟(huán 还):蓬松的发髻。旋:一会儿。妆束:打扮。以上两句的意思是说念奴被使者唤醒,来不及梳妆打扮,草草整理一下就出发了。 ⑪ 九天:天空,言其极高。 ⑫ 二十五郎:即邠王李承宁,唐玄宗之弟,善于吹笛,因其排行第二十五,故称二十五郎。逐:追随,这里指伴奏。

彻①,色色《龟兹》轰录续②。李谟抺笛傍宫墙③,偷得新翻数般曲④。平明大驾发行宫⑤,万人鼓舞途路中⑥。百官队仗避岐薛⑦,杨氏诸姨车斗风⑧。

"明年十月东都破⑨,御路犹存禄山过⑩。驱令供顿不敢藏⑪,万姓无声泪潜堕⑫。两京定后六七年⑬,却寻

① 逡(qūn 群阴平)巡:迅速的意思。大遍:整套。凉州:今甘肃武威。此处指《凉州》曲调。彻:从头到尾。 ② 色色:各色、各类。龟(qiū 秋)兹(cí 慈):汉时西域国名,这里指西域传来的曲调。轰:轰响,指演奏热烈,声音响亮。录续:即陆续,接连不断。 ③ 李谟:唐玄宗时长安一位年轻的吹笛能手。据元稹自注,唐玄宗在上阳宫谱一新曲,李谟在天津桥玩月,听到宫中的演奏,记下曲谱。玄宗于正月十五日夜游,闻李谟在酒楼吹奏,甚是惊异。次日召李谟询问,方知其故。抺:手按。 ④ 新翻:制作新曲或依旧谱作新词。数般:数种。⑤ 平明:天大亮的时候。 ⑥ 鼓舞:古代的一种舞蹈,这里指歌舞。 ⑦ 队仗:仪仗队。岐薛:岐王李范、薛王李业,均为唐玄宗之弟。这两人已于开元年间病故。这里是想象之词。⑧ 杨氏诸姨:指杨贵妃的姐姐韩国夫人、虢国夫人、秦国夫人。斗风:形容车行轻快。 ⑨ 明年十月:指天宝十四年(755)十二月,安禄山攻陷洛阳。这里说十月,是为诗句所限,约略言之。 ⑩ 御路:皇帝走的道路。御,对皇帝所用物的敬称。禄山过:安禄山从洛阳进军长安,途经连昌宫。 ⑪ 驱令:驱使命令。供顿:供应安顿。这句的意思是说叛军强迫人民提供食宿。 ⑫ 堕:落。 ⑬ 两京:西京长安和东京洛阳。定:平定。这句指郭子仪收复两京。

家舍行宫前①。庄园烧尽有枯井，行宫门闭树宛然②。

尔后相传六皇帝，不到离宫门久闭③。往来年少说长安，

玄武楼成花萼废④。去年敕使因斫竹⑤，偶值门开暂相

逐⑥。荆榛栉比塞池塘⑦，狐兔骄痴缘树木⑧。舞榭攲倾

基尚在⑨，文窗窈窕纱犹绿⑩。尘埋粉壁旧花钿⑪，乌啄

风筝碎珠玉⑫。上皇偏爱临砌花⑬，依然御榻临阶斜⑭。

蛇出燕巢盘斗拱⑮，菌生香案正当衙⑯。寝殿相连端正

---

① 却：返、回。 ② 宛(wǎn 碗)然：依稀可见的意思。
③ 尔后：此后。六皇帝：唐玄宗以后，至宪宗时传了五个皇
帝，即肃宗李亨、代宗李豫、德宗李适、顺宗李诵、宪宗李纯。
这里作"六"，与史不合。一说太监崔潭峻曾将这首诗呈献
给第六个皇帝穆宗李恒，将"五"改作"六"。离宫：即行宫。
④ 玄武楼：唐德宗所建，在长安大明宫北。花萼：花萼楼，唐
玄宗所建，在兴庆宫西南。这句以两楼的兴废写玄宗逝后
的变化，暗示连昌宫的冷落。 ⑤ 斫(zhuó 酌)：用刀斧砍。
⑥ 逐：追随、跟进去。 ⑦ 荆榛(zhēn 真)：杂草丛木。荆，灌
木名。榛，丛生的树木。栉比：像梳齿一样紧相挨连。栉，梳
篦的总称。 ⑧ 狐兔骄痴：意思是说狐狸和兔子胆大不怕人。
缘：绕。 ⑨ 榭：建立在高台上的敞屋。攲(qī 七)：倾斜。
⑩ 文窗：雕花的窗子。窈窕(yǎo tiǎo 咬条上声)：幽深的样
子。 ⑪ 花钿：用金翠珠宝制成的花朵形首饰。 ⑫ 风筝：悬挂
在屋檐下的金属片，亦名铁马。 ⑬ 砌(qì 气)：台阶。 ⑭ 榻
(tà 拓)：无顶无框的小床。 ⑮ 斗拱：亦作枓栱，我国传统木
结构中的一种支撑构件。 ⑯ 衙：正门。

楼①,太真梳洗楼上头。晨光未出帘影动②,至今反挂珊瑚钩③。指示旁人因恸哭,却出宫门泪相续④。自从此后还闭门,夜夜狐狸上门屋。"

我闻此语心骨悲,"太平谁致乱者谁?"翁言"野父何分别⑤,耳闻眼见为君说。姚崇宋璟作相公⑥,劝谏上皇言语切⑦。燮理阴阳禾黍丰⑧,调和中外无兵戎⑨。长官清平太守好⑩,拣选皆言由至公⑪。开元之末姚宋死,朝廷渐渐由妃子⑫。禄山宫里养作儿⑬,虢国门前闹如市⑭。弄权宰相不记名⑮,依稀忆得杨与李⑯。庙谟颠倒

① 端正楼:华清宫中的楼名,这里是借用。 ② 帘影动:窗帘摆动,指屋内有人梳洗。 ③ 反:倒反。珊瑚钩:用珊瑚制成的帘钩。 ④ 却出:退出。 ⑤ 野父:乡野老人,老人自谦的称谓。分别:辨别。这句的意思是说乡下人无知,难以区别政治上的是非。 ⑥ 姚崇宋璟:两人是唐玄宗开元年间的贤相。 ⑦ 切:恳切。 ⑧ 燮(xiè谢)理:调和。阴阳:阴气和阳气。这句的意思是说姚宋作相,辅佐皇帝顺应自然,处理政务,使五谷丰登、国泰民安。 ⑨ 兵戎:战争。 ⑩ 长官:上官。清平:廉洁公正。太守:州郡的长官。 ⑪ 拣选:指选用官吏。至公:最公正。 ⑫ 妃子:指杨贵妃。 ⑬ 养作儿:安禄山深得唐玄宗宠信,自请为杨贵妃养子,出入宫廷。 ⑭ 虢(guó 国)国:指虢国夫人。闹如市:极言虢国夫人招权纳贿,前往走门路的人很多。 ⑮ 弄权:凭借权位,滥用权力。 ⑯ 依稀:好像。杨与李:杨国忠与李林甫。两人都是天宝年间的奸相。

四海摇①,五十年来作疮痏②。今皇神圣丞相明③,诏书
才下吴蜀平④。官军又取淮西贼⑤,此贼亦除天下宁⑥。
年年耕种宫前道,今年不遣子孙耕⑦"。老翁此意深望
幸⑧,努力庙谋休用兵⑨。

【翻译】

　　连昌宫中长满了绿竹,

　　多年来无人修整,茂密得形如捆束。

　　还有那墙头的千叶桃,

　　一阵风吹动,红色花瓣纷纷飘落。

　　住在宫旁的老人流着泪对我说:

---

　　① 庙谋:国家大计。庙,宗庙,指朝廷。谋,谋议计划。
颠倒:错乱。四海摇:国家动乱,指安禄山叛乱。　② 疮痏(wěi
伟):指安史乱后藩镇割据的混乱局面。痏,疮伤口。　③ 今皇:
指唐宪宗。神圣:神武圣明。丞相:指宪宗时的宰相裴度,他
力主平定藩镇叛乱。明:贤明。　④ 诏书:指皇帝的平叛命令。
吴蜀:指宪宗时江南东道节度使李锜和西川节度使刘辟。这
两处叛镇先后为唐王朝讨平。　⑤ 取:俘获、捕获。淮西贼:指
淮西节度使吴元济。这一叛镇力量最强,裴度辅佐宪宗,经
过三年战争,于元和十二年(817)十月平定,诸镇震恐,国
内暂得安定。　⑥ 宁:安宁、太平。　⑦ 这两句的意思是说安
史乱后,皇帝长期未至洛阳,因而连昌宫前的道路已经改作
耕地。如今天下太平,所以不再耕种,仍作道路,等候皇帝驾
临。　⑧ 望幸:盼望皇帝驾临。　⑨ 用兵:从事战争。

"少年时因进献食物曾进入。

那时候上皇正在望仙楼，

杨贵妃同他靠着栏杆站立。

楼上楼前尽是满头珠翠的宫女，

那珠翠光彩闪烁，映照着天地。

归家后像是做梦，又像是发痴，

哪有时间一一说清宫中的事。

冬至后一百零六天刚到寒食节，

店舍没有炊烟，宫树一片碧绿。

夜半时明月高照，弦索齐鸣，

贺老的琵琶演奏压倒场屋。

高力士奉旨传呼，寻来歌女念奴，

念奴已经暗地里伴同年轻人歇宿。

一会儿找到她又连连催促，

有诏特许，为她在街中照明点烛。

念奴睡眼蒙眬，从红纱帐中起来，

用手整理一下头发，草草妆束。

她放喉一唱，歌声飞上高空，

二十五郎吹笛伴奏，声声追逐。

顷刻间演奏完整套的凉州曲调，

接着是龟兹国各色乐曲相续。

李谟紧傍宫墙，按着笛子记谱，

偷得了刚创作的几支新曲。

大清早上皇车驾出行官,

万人歌舞欢送在途中。

官家的仪仗队为岐王薛王让道,

杨家三姐妹的车子轻快得赛过风。

"第二年十月东都被攻破,

叛军就从御道上通过。

强征暴敛哪个敢隐藏,

老百姓吞声忍气,只有暗中泪堕。

洛阳、长安收复过后六七年,

我回来寻找故居,又到了连昌宫前。

庄园烧尽,只剩下枯井,

官门紧闭,树木依稀可见。

这以后代代相传经历了六位皇帝,

无人驾临宫门长关闭。

往来的年轻人说起长安,

自从玄武楼建成,花萼楼也被废弃。

去年派来了使臣,为的是砍取宫竹,

偶然碰上门开,跟进去瞧瞧如今面目。

官里面杂树丛生,密麻麻塞满池塘,

狐狸兔子不怕人,绕着树木追逐。

舞榭已经倾倒，台基仍然存在，

花窗晦暗幽深，窗纱还是原绿。

粉墙、花钿积满了灰尘，

鸟雀啄着檐前铁马，声音像敲碎珠玉。

上皇最爱坐在台阶前赏花，

那御榻仍然斜放在阶下。

蛇从燕子窠里爬出，又盘上斗拱，

正对殿门的香案朽坏，菇菌生长发芽。

走过寝殿，又到相连的端正楼，

当年杨贵妃梳洗，就在这楼上头。

那时晨光未出，帘内人影晃动，

到如今还倒挂着珊瑚帘钩。

我向旁人一一指示，不禁失声痛哭，

退出宫门，还是泪水满目。

从此后，宫门又关闭起来，

每夜里只有狐狸爬上门屋。”

听了老翁的话，我打心眼里伤悲：

"太平谁致？祸乱谁生？"

老人说："乡老儿哪能辨分明！

只能给您说一说耳闻目见的事情。

姚崇宋璟当宰相，

劝谏上皇直切诚恳。

阴阳调顺五谷丰登，

四邻和睦不见刀兵。

长官廉洁公平，地方太守好，

都认为选派官员出自公心。

开元末年姚、宋一死，

朝廷政事渐渐地听从妃子。

安禄山被宫里收养为干儿，

虢国夫人门前热闹得有如街市。

我记不清弄权宰相的姓名，

想起来好像一个姓杨，一个姓李。

国事颠倒，四海动荡，

五十年来，一片疮痍。

当今皇上神圣，丞相贤明，

诏书刚下，吴蜀便已讨平。

官军又俘获淮西贼寇吴元济，

剿除了这个强贼，天下也就安宁。

每年都耕种官前的道路，

今年不再让子孙续耕。"

老人的心意是盼望皇帝驾临，

国家大计要致力和平，不用刀兵。

酬孝甫见赠①（选一）

　　《酬孝甫见赠》是十首绝句,题下自注云:"各酬本意,次用旧韵。"乃酬唱之作。这里选的一首论及唐代大诗人杜甫,也是一首论诗诗,反映了元稹在诗歌创作上反模拟、重创新的艺术观点。元稹和白居易共同倡导新乐府,主张"雅有所谓,不虚为文"(《新题乐府序》),或"寓意古题,刺美见事"(《古题乐府序》),继承并发展了杜甫的现实主义传统。因此,他在诗中对杜甫极为推重,喜爱他的诗,赞扬他"直道当时语"而"不傍古人"的独创精神,作出了"天才绝伦"的

---

① 孝甫:人名,一作李甫。见赠:相赠,送给我。

崇高评价。由于元稹正确地揭示出杜甫诗歌的
特色和成就,这首论诗绝句在文学批评史有一
定的影响。

　　杜甫天才颇绝伦①,每寻诗卷似情亲②。
　　怜渠直道当时语,③不着心源傍古人④。

【翻译】

　　杜甫是一位天才,超群绝伦,

　　每当我吟味他的诗卷,仿佛情意相亲。

　　最喜欢他直说当时该说的话,

　　不用费心思去依傍模仿古人。

————————

　　① 杜甫:字子美,盛唐伟大的现实主义诗人。杜甫生当
唐代由盛而衰的阶段,一生忧国忧民,他的诗把个人的坎坷
际遇和时代的不幸结合起来,深刻地反映了现实生活中人民
的苦难,后世有"诗史"之称。天才:特殊的智慧和才能。绝
伦:特异,超过同辈。 ② 每:时常。寻:探求、穷尽。情亲:情
意亲厚。 ③ 怜渠:爱他。当时语:当时该说的话,指杜甫的
诗反映了当时的现实。 ④ 不着:不用。着,使、派遣。心源:
心的本源。这里指创作中的艺术构思。傍:依傍,依靠。这
句的意思是说杜诗立意遣词,力主创造,不去模仿古人。

岁　日 [1]

　　本篇以岁日为题,写对人生的感受,表现出一种空虚幻灭的情感。诗人在岁日回忆逝去一年的往事,只觉得空幻如梦,由此而悟到自己的一生也无非如此。这种落寞的情怀显然是和他处于某种政治逆境相联系的,有消极的一面。但这种有哲理性的人生思考,意识到自身有限,人生短暂,也见出诗人超越自我、对永恒的追求。全诗以"一日"、"一年"、"百年"的时间感组成,语短意深,构思精妙。

---

[1] 岁日:元旦,指农历的正月初一。

一日今年始①，一年前事空②。

凄凉百年事③，应与一年同④。

【翻译】

新的一年从今天开始，

回想旧的一年，往事成空。

人生百年中事事凄凉，

该与那逝去的一年相同。

---

　　① 一日：指岁日。 ② 一年：指过去的一年。岁日既是新的一年的开始，也是旧的一年的结束。 ③ 凄凉：寂寞冷落。百年：指人生。 ④ 以上两句的意思是说人生一世，是一百个"一年"的总和，同样地往事成空。

白 居 易 诗

赋得古原草送别^①

　　本篇为白居易少年时准备应试的试帖诗习作，约作于贞元二、三年（786—787）间。诗人在指定的诗题中精心结撰，句句紧扣题面，不枝不蔓，承接圆转，对仗精工，完全合乎试帖诗的程式要求。同时又独具慧心，别开生面，将古原的野草和送别的离愁联系起来，虚实结合，情景交融而意味深长。前六句极力形容野草顽强的生

---

　　① 赋得：做诗得到什么题目的意思。旧时做诗，凡是指定的诗题，往往在题前加上"赋得"二字。唐代科举考试中的试帖诗，均由考官以古人诗句或各事物命题。这首诗是应考前的试帖诗习作，加上"赋得"二字，说明这是指定的诗题。原：郊野平地。

命力,大地春回,生长茂盛,近侵古道,远接荒城。经过这一番铺垫,末两句点明送别主题,抽象的离愁也就可以具体感受,正像野草那样不可断绝,充分显示了朋友间的深厚情谊。虽是习作,已经表现出诗人非凡的工力和洋溢的才华。

离离原上草①,一岁一枯荣②。

野火烧不尽,春风吹又生。

远芳侵古道③,晴翠接荒城④。

又送王孙去⑤,萋萋满别情⑥。

———————————

① 离离:繁盛的样子。 ② 荣:昌荣、茂盛。 ③ 远芳:远处的草。芳,芳草,草的美称。 ④ 晴翠:阳光照耀下的嫩绿色。以上两句对文互义,意思是想象友人即将经往的处所,一路上春草丛生,在阳光照耀下一片绿色。 ⑤ 王孙:贵人的子孙,泛指贵族。因《楚辞·招隐士》中有"王孙游兮不归,春草生兮萋萋"之句,常用以指出门远行的人。 ⑥ 萋(qī妻)萋:草长得很茂盛的样子。以上两句出自楚辞,但与上文结合,别有新意。南唐李煜《清平乐》:"离恨恰如春草,更行更远还生。"这一名句即从此脱化而成。

【翻译】

多么茂盛啊！这古原上的春草，

它每年一度枯萎，又一度昌荣。

野火也不能把它烧尽，

春风吹来，又重新遍地滋生。

远处的春草侵占了古老的道路，

阳光下一片绿色，连接着荒凉的古城。

我又在这里送友人远去，

这茂盛的春草啊，尽是我离别之情。

自河南经乱①，关内阻饥②，兄弟离散，各在一处。因望月有感，聊书所怀，寄上浮梁大兄③、於潜七兄④、乌江十五兄⑤，兼示符离及下邽弟妹⑥

本篇约作于贞元十五年（799）至十七年（801）之间。其时，河南战乱，关内饥馑。诗人

---

① 河南经乱：指发生在当时河南道境内的藩镇叛乱。贞元十五年（799）二月，宣武节度使（治所在河南开封）董晋死，部下举兵叛乱。三月，彰义节度使（治所在河南汝南）吴少诚亦叛。朝廷分遣十六道兵马平定叛乱。白居易家在河南新郑县，受到战乱的影响。 ② 关内阻饥：指关内道的饥荒。贞元十四、五年，关中发生旱灾。白居易有家在下邽（guī 归）（今陕西渭南），当时属关内道。阻饥，困阻饥饿。 ③ 浮梁大兄：指长兄白幼文，时任浮梁县（今江西景德镇）主簿。 ④ 於潜七兄：指叔父白季康长子，名不详，时任於潜县（今浙江临安）尉。 ⑤ 乌江十五兄：指堂兄，时任乌江县（今安徽和县）尉。 ⑥ 符离：今安徽宿州。

念及分散在各地的兄弟姊妹，写了这首情伤意苦的七言律诗，抒发他对骨肉分离、飘泊不定的悲哀。诗中所写田园荒芜，家业一空，谋食四方，奔波道路，反映出生活的苦难；而"吊影分为千里雁，辞根散作九秋蓬"，又以贴切生动的比喻，描写出内心的孤独与凄凉。尾联以同望明月、共起乡愁来总括全篇，尤为精警。这首诗是乱离中人发自肺腑的倾诉，虽然以谨严工整的律体写成，又如家人话语，平易亲切，流畅自然。

时难年饥世业空①，弟兄羁旅各西东②。
田园寥落干戈后③，骨肉流离道路中④。
吊影分为千里雁⑤，辞根散作九秋蓬⑥。

---

① 时难：指河南兵乱。难，灾难。年饥：指关内饥荒。世业：世代相传的家业。 ② 羁(jī 机)旅：在外作客寄居。 ③ 寥(liáo 辽)落：冷落，寂寞。这里形容田园的荒废。干戈：古代作战常用的两种武器，引申指战争。 ④ 骨肉：这里指兄弟姊妹。流离：转移离散。 ⑤ 吊影：形影相吊，形容处境的孤苦。吊，怜悯，伤痛。千里雁：失群的孤雁。 ⑥ 辞根：离开本根。九秋蓬：秋天的蓬草。九秋，秋季三个月，共九十天。蓬，即飞蓬，枯后根断，随风飞旋。以上两句是说弟兄们都离开家园，到处飘泊，每人都像失群的孤雁，离根的蓬草。

共看明月应垂泪①，一夜乡心五处同②。

【翻译】

  时代动乱，年成荒歉，祖业荡然一空，

  兄弟们四方作客，你到西，他向东。

  家中的田园，在战争后已经荒废，

  亲骨肉失散流落，奔波在道路之中。

  顾影伤情，像是远在千里的失群孤雁，

  背井离乡，又如飘泊无依的九秋飞蓬。

  大家一齐望着那天上明月，都会流泪，

  今夜里思乡的心情，五处相同。

---

  ① 垂泪：流泪。 ② 乡心：思念家乡的心情。五处：即题中所指的浮梁、於潜、乌江、符离、下邽五处。

李　白　墓^①

　　贞元十五年（799），白居易在宣州（今安徽宣城）。李白墓在宣城当涂，本篇可能作于此时。李白诗名垂于千古，但生前遭遇不幸，漂泊沦落。死后萧条，墓地简陋。居易所见，当是未迁葬时的旧墓，"坟高三尺，日益摧圮"（范传正《唐……李公新墓碑》）。斯人而有斯遇，诗人凭吊之际，自是感慨万千。诗中写出墓地的荒凉，对李白诗文成就表示了由衷的推崇和钦慕，而

---

　　① 李白（701—762），字太白。盛唐时著名诗人。死于当涂（今安徽当涂）。初葬龙山，元和十二年正月迁葬青山。今安徽马鞍山南采石山下采石镇犹存墓址。

对其一生潦倒,更寄予无限的同情。诗的形式采用七律变体,六句中包孕丰富,感慨深沉。最后两句提出诗人多薄命,而李白才愈高则命愈薄的问题,言不尽而意亦不尽,耐人思索。

采石江边李白坟①,绕田无限草连云②。
可怜荒垅穷泉骨③,曾有惊天动地文④。
但是诗人多薄命⑤,就中沦落不过君⑥。

【翻译】

在采石江边,有一座李白的孤坟,

无边的野草围绕坟地,远接白云。

可悲的是这荒坟深穴中的枯骨,

曾经写过惊天动地的诗文。

只要是诗人,大都命运不好,

而诗人穷困失意,谁也没有超过李君。

———————

① 采石:即牛渚山,其北突出长江中,名采石矶。 ② 田:指墓地。 ③ 可怜:可叹,可悲。怜,哀怜,同情。荒垅(lǒng拢):荒坟。垅,同"垄",坟墓。穷泉:泉下,指深至地下的圹穴。 ④ 惊天动地:对李白诗文的高度评价,认为可以感动天地。 ⑤ 但是:凡是,只要是。薄命:命运不好。 ⑥ 就中:其中,当中。沦落:穷困失意。君:指李白。

杏园中枣树①

　　贞元十六年(800)，白居易以第四名进士及第。当时科举习俗，新科进士在杏园宴聚，以示庆贺。本篇约作于此时，是一首比兴体的诗。诗人即景生情，即物起兴，以杏园中枣树自喻，表现了中进士后希望得到进用、为国家担当重任的心情。诗中描绘的枣树不谐流俗，默默无闻，但它一旦成材，就能做大车的轮轴，负重致远，这正是诗人性格的象征。后段语意双关，讽谏君主用人取士，当以实质为重，而不为阿谀逢迎的小人所惑。这里面也

---

① 杏园：园名，故址在今陕西西安大雁塔南。

反映出朝政日非以及诗人对自身前途的忧虑。全诗寓意鲜明，构思新颖，用笔委婉，行文流畅。

人言百果中①，唯枣凡且鄙②。皮皴似龟手③，叶小如鼠耳。胡为不自知④，生花此园里。岂宜遇攀玩⑤，幸免遭伤毁⑥。二月曲江头⑦，杂英红旖旎⑧。枣亦在其间，如嫫对西子⑨。东风不择木，吹煦长未已⑩。眼看欲

---

① 百果：泛指各种果树。 ② 凡：平庸，寻常。鄙：粗俗，鄙陋。 ③ 皴（cūn 村）：皮肤因受寒而裂开。龟（jūn 军）手：冻裂的手。 ④ 胡为：何为，为什么。 ⑤ 宜：适宜，适合。 ⑥ 幸：侥幸，幸而。 ⑦ 曲江：池名，故址在今陕西西安大雁塔东，是唐代著名的风景游览区。 ⑧ 杂英：杂花，各种花。旖旎（yǐ nǐ 椅你）：柔美的样子。 ⑨ 嫫（mó 模）：即嫫母，古代著名的丑女。传说为黄帝的妃子，其貌虽丑，却很有贤德（见《烈女传》）。这里喻指枣树。西子：即西施，古代著名的美女，春秋末年越国人，越王勾践献给吴王夫差，成为夫差最宠爱的妃子（见《吴越春秋》）。这里喻指其他诸树，即下文的柳杞桃李。 ⑩ 吹：吹拂。煦（xù 序）：温暖。已：止。以上两句是说春风不计树木美丑，一视同仁，枣树虽丑，也受到春风吹拂的温暖而成长起来。

合抱①,得尽生生理②。寄言游春客③,乞君一回视④。君爱绕指柔⑤,从君怜柳杞⑥。君求悦目艳,不敢争桃李⑦。君若作大车,轮轴材须此⑧。

【翻译】

人们都说在各种果树中,

唯有枣树既平凡,又粗鄙。

树皮像开裂的冻手,

树叶像细小的鼠耳。

它为什么没有自知之明,

也来开花在这杏园里。

它怎能受到攀折赏玩,

幸而没有遇到伤害摧毁。

在二月的曲江江边,

① 合抱:两臂围拢,形容枣树树干的粗壮。 ② 生生:中国古代哲学术语,指变化和新生事物的产生。这里指生物自然生长的本性。理:道理,规律。以上两句的意思是说枣树无人攀玩,也幸免伤毁,因而能遂其本性,茁壮成长。 ③ 寄言:传话。 ④ 乞:求。君:表面上指游客,实际指皇帝。语意双关。回视:回头看。 ⑤ 绕指柔:形容非常柔软,可以缠绕在指头上。 ⑥ 杞(qǐ起):柳树的一种,亦称红皮柳。 ⑦ "君求"二句:意为自惭形秽,不敢与桃李相争。 ⑧ 轮轴:枣树木质坚硬,宜作车轮车轴。

各种花红得风光旖旎。

枣树也在它们中间，

好像是嫫母对着西子。

春风对树木倒没有偏爱，

它在温暖的吹拂下成长，从不停止。

眼见得树干将要合抱，

得尽了生生不息的天理。

且让我传话给春游的客人，

请回过头来细细注视。

您如喜爱绕指的柔软，

听凭您去怜惜杞柳。

您如追求悦目的艳丽，

它也不敢去竞争桃与李。

可是您要造一辆大车，

那车轮车轴的取材必须在此。

邯郸冬至夜思家①

　　此诗约作于贞元二十年(804)或永贞元年(805)冬至日。这是一首佳节思亲思乡之作。冬至在古代是个重要的节日,这一天休假,群臣向皇帝贺节,民间互赠酒食,穿新衣,互相祝贺。"每逢佳节倍思亲",独宿在长安客店里的白居易,在节日夜晚格外思念远方的亲人。这首诗突出了思家的特定地点——驿站,和特定的时间——夜晚,"抱膝灯前影伴身"句,就是这种特定情景的形象写照。诗人抱膝独坐,形影相吊,

---

　　① 邯郸:今河北邯郸。冬至:二十四节气之一,在阳历十二月二十二或二十三日。

是何等悲凉、寂寞、孤单。结尾两句,以曲笔写深情,不直写自己如何思念家人,反而设想家人如何思念自己,含蓄委婉,曲折有致。

邯郸驿里逢冬至①,抱膝灯前影伴身②。
想得家中夜深坐,还应说着远行人。

【翻译】

冬至佳节我独宿在邯郸的客舍,
孤影伴随我在灯前抱膝独坐。
遥想远方的家人也应深夜难眠,
坐在一起叨念着远行在外的我。

---

① 驿(yì义):驿站,接待来往官员住宿休息的机构。
② 抱膝:抱着膝盖,形容一人枯坐的形态。

长 恨 歌

　　《长恨歌》作于元和元年(806),写唐玄宗李隆基与贵妃杨玉环的爱情故事。安史之乱给唐代社会带来很大的灾难。李、杨既是这场灾难的祸首,又身受其害。白居易写《长恨歌》的政治目的是在揭露李隆基荒淫误国,作为历史的教训,但对李、杨的爱情悲剧又深表同情。当时,李、杨的故事已在民间流传,白居易在这基础上进行了艺术加工,而对李、杨爱情悲剧的同情,胜过对他们造成政治祸害的批判。诗中以丰富的想象、生动的描写,刻画出李、杨生离死别的悲剧,讴歌了这两人对爱情的坚贞专一。做为叙事诗,这首诗结构谨严,主线分明,层次清楚,而许多细致的内心刻画,回环往复,缠绵悱恻,使它具有浓厚的抒情气氛。它的语言自然流畅,音节和谐优美,更增强了感染力量。

汉皇重色思倾国①,御宇多年求不得②。杨家有女初长成③,养在深闺人未识④。天生丽质难自弃,一朝选在君王侧。回眸一笑百媚生⑤,六宫粉黛无颜色⑥。春

---

① 汉皇:指汉武帝刘彻,这里借指唐玄宗李隆基。倾国:汉武帝宠爱李夫人,其兄李延年曾在武帝前唱歌,歌词云:"北方有佳人,绝世而独立。一顾倾人城,再顾倾人国。宁不知倾国与倾城,佳人难再得。"(见《汉书·孝武李夫人传》)后因用"倾国倾城"形容容貌绝美的女子。倾,倾倒。 ② 御宇:统治天下的意思。 ③ 杨家:杨贵妃家。贵妃乳名玉环,蜀州司户杨玄琰(yǎn眼)的女儿,早年丧父,寄养在叔父杨玄珪(guī规)家中。开元二十三年(735),册封为寿王李瑁(mào帽)妃,二十八年(740),玄宗召入宫中,先度为女道士,住太真宫,道号太真。天宝四载(745)还俗,立为贵妃。 ④ 闺(guī规):指女子的卧室。未识:不知。以上两句说杨玉环生长深闺,无人知晓。这是诗人因玄宗以媳为妃、事属丑闻而有意隐讳的说法。 ⑤ 回眸(móu牟):回头顾盼。眸,眼中瞳仁,泛指眼睛。 ⑥ 六宫:古代后妃居住的地方,这里泛指宫中。粉黛:妇女的化妆用品,因用作妇女的代称。这里泛指宫中妇女。颜色:指美色。以上两句形容杨玉环美艳无匹,相比之下,其他的宫中女子都显得不美了。

寒赐浴华清池①，温泉水滑洗凝脂②。侍儿扶起娇无力③，始是新承恩泽时④。云鬓花颜金步摇⑤，芙蓉帐暖度春宵⑥。春宵苦短日高起，从此君王不早朝⑦。承欢侍宴无闲暇⑧，春从春游夜专夜⑨。后宫佳丽三千人⑩，三千宠爱在一身⑪。金屋妆成娇侍夜⑫，玉楼宴罢醉和春⑬。

① 华清池：唐代华清宫的温泉浴池，在今陕西临潼骊山上。　② 滑：滑润、滑溜。凝脂：凝冻的脂肪，形容肌肤洁白柔滑。　③ 侍儿：婢女，这里指伺候杨玉环的宫女。　④ 新承恩泽：初次承受皇帝的恩泽。恩泽，古代称皇帝给予臣民的恩惠，像雨露滋润草木。这句是说杨玉环入宫，开始受到唐玄宗的宠爱。　⑤ 云鬓：形容妇女的鬓发卷曲如云。金步摇：古代贵族妇女的头饰，上有金花，下有垂珠，随人步行而摇动。⑥ 芙蓉帐：绣有并蒂莲花的帐幔。芙蓉，莲的别名。　⑦ 早朝：古代臣子在早晨时朝见皇帝。这两句是说唐玄宗贪恋美色而起身甚晚，因而不再在早晨接见诸臣。　⑧ 承欢：承受皇帝的欢宠。侍宴：侍奉酒宴。　⑨ 专夜：意思是说只有杨玉环陪伴唐玄宗度夜，轮不到其他妃嫔。专，单独占有。　⑩ 佳丽三千：唐代宫女甚多，玄宗时有四万余人，这里是说其中貌美者达三千人。佳丽，美丽的女子。三千，泛言其多。　⑪ 一身：指杨玉环。　⑫ 金屋：汉武帝刘彻幼年时，曾向姑母馆陶长公主表示：如果能娶她的女儿阿娇为妻，将筑一所金屋给她居住（见《汉武故事》）。这里的"金屋"与下句"玉楼"暗示玄宗为杨妃营建华丽的宫室。　⑬ 醉和春：指酒醉时面呈春色，心生春意。和，带。

姊妹弟兄皆列土①,可怜光彩生门户②。遂令天下父母心③,不重生男重生女④。

骊宫高处入青云⑤,仙乐风飘处处闻。缓歌慢舞凝丝竹⑥,尽日君王看不足⑦。渔阳鼙鼓动地来⑧,惊破《霓

---

① 列土:即裂土,分地受封的意思。这里指杨氏一家封官授爵。杨妃得宠后,玄宗追赠其父玄琰为太尉、齐国公,叔父玄珪升为光禄卿,族兄铦(xiān 先)为鸿胪卿,钊(zhāo 昭,即杨国忠)为右丞相。又封她三个姐姐为韩国夫人、虢(guó国)国夫人、秦国夫人。 ② 可怜:可美,值得美慕的意思。门户:门第,封建社会中家族的等级,有高门、寒门之分。以上两句的意思是说杨氏一门贵显,提高了杨氏家族的社会地位。 ③ 令:使。 ④ "遂令"二句:指当时民间谣谚。陈鸿《长恨歌传》:"当时谣咏有云:'生女勿悲酸,生男勿喜欢。'又曰:'男不封侯女作妃,看女却为门上楣。'其人心美慕如此。"
⑤ 骊宫:即华清宫。 ⑥ 缓歌:形容歌声悠扬。慢舞:形容舞姿柔美。凝:凝结,形容乐声徐徐,凝而不散。丝竹:管弦乐。丝,弦乐器。竹,管乐器。这句的意思是说歌舞与音乐伴奏配合佳妙,凝为一体。 ⑦ 尽日:整天。看不足:看不够。
⑧ 渔阳鼙(pí 皮)鼓:指东汉初渔阳太守起兵叛汉(见《后汉书・彭宠传》)事,这里借指安禄山叛唐。当时安禄山任平卢、范阳、河东三镇节度使,于天宝十四载(755)在范阳举兵,发动叛乱。鼙鼓:骑兵用的小鼓,这里用以指代战争。

裳羽衣》曲①。九重城阙烟尘生②,千乘万骑西南行③。翠华摇摇行复止④,西出都门百余里⑤。六军不发无奈何⑥,宛转娥眉马前死⑦。花钿委地无人收⑧,翠翘金雀玉搔头⑨。君王掩面救不得,回看血泪相和流。黄埃散漫风萧索⑩,云栈萦纡登剑阁⑪。峨眉山下少

① 霓裳羽衣曲:唐代大型舞曲。原为印度舞曲《婆罗门》,开元间河西节度使杨敬述引入,唐玄宗再加改编。 ② 九重:九道门。《楚辞·九辩》:"君之门以九重。"后因以指皇帝住处。城阙:指京城。烟尘:指战争。 ③ 千乘(shèng 胜)万骑(jì 计):指扈卫唐玄宗的军队。乘,车子。骑,马匹。西南行:指玄宗逃往四川,路线是先往西,再往南。 ④ 翠华:以翠鸟羽毛装饰的旗帜,用于皇帝的仪仗。这里指唐宗玄的车驾。 ⑤ 百余里:指行至马嵬驿,其地距长安城约百余里。 ⑥ 六军:古代制度,天子有六军。后用以泛称皇帝的军队。这里指唐玄宗的扈从部队。不发:不肯出发,指军队哗变。无奈何:没有办法。 ⑦ 宛(wǎn 婉)转:犹展转,形容杨妃死前凄楚的样子。娥眉:即蛾眉。古代用蛾的触须形容美女眉毛弯曲之状,后用作美女的代称。这里指杨妃。以上两句是说唐玄宗因扈从军队哗变,被迫同意处死杨妃。 ⑧ 花钿(diàn 店):用金翠珠宝等制成的花朵形首饰。委地:丢弃在地上。 ⑨ 翠翘:形似翠鸟尾巴的首饰。金雀:古代钗名。用金子制成凤形,后称金凤钗、凤头钗。玉搔头:即玉簪。 ⑩ 萧索:风声。 ⑪ 云栈:高入云霄的栈道。栈道,古代在峭岩陡壁上筑孔架木而成的人工道路。萦(yíng 营)纡:迂回曲折。剑阁:剑门关,今四川剑阁县北。

人行①,旌旗无光日色薄②。蜀江水碧蜀山青,圣主朝朝暮暮情。行宫见月伤心色,夜雨闻铃肠断声③。天旋日转回龙驭④,到此踌躇不能去⑤。马嵬坡下泥土中,不见玉颜空死处⑥。君臣相顾尽沾衣⑦,东望都门信马归⑧。

归来池苑皆依旧⑨,太液芙蓉未央柳⑩。芙蓉如面柳如眉,对此如何不泪垂。春风桃李花开日,秋雨梧桐

----

① 峨眉山:在今四川峨眉,远在成都西南,玄宗未至此处。这里泛指蜀中山川道路。 ② 日色薄:阳光黯淡。 ③ 铃:风铃。郑处诲《明皇杂录·补遗》:"明皇既幸蜀,西南行。初入斜谷,属(遇)霖雨涉旬,于栈道雨中闻铃音与山相应。上既悼念贵妃,采其声为《雨霖铃曲》以寄恨焉。"这里是说在行宫中夜雨闻铃,恐非栈道之铃。诗人语有所据,但又有所加工。 ④ 天旋日转:比喻时局重大转变。龙驭(yù预):皇帝的车驾。驭,驾驭。这句指至德二年(757)九月,郭子仪等收复长安;十二月,玄宗由蜀返京。 ⑤ 此:指马嵬坡。踌躇(chóu chú 愁除):徘徊不去的样子。去:离开。 ⑥ 空死处:空见死处。空,徒然,白白地。 ⑦ 相顾:彼此相看。沾衣:泪水沾湿衣裳。 ⑧ 信马:听凭马向前走。这句的意思是说君臣在哀伤之中已无心驭马。 ⑨ 池苑(yuàn 怨):指帝王的花园。苑,古代畜养禽兽、种植树木、供皇帝打猎游乐的地方。 ⑩ 太液、未央:汉代宫中有太液池、未央宫,这里借指唐代的宫殿池苑。

叶落时。西宫南内多秋草①,落叶满阶红不扫。梨园弟子白发新②,椒房阿监青娥老③。夕殿萤飞思悄然④,孤灯挑尽未成眠⑤。迟迟钟鼓初长夜⑥,耿耿星河欲曙天⑦。鸳鸯瓦冷霜华重⑧,翡翠衾寒谁与共⑨。悠悠生死

① 西宫:指太极宫。南内:指兴庆宫。内,古称皇宫为"大内",简称"内"。唐代以大明宫为东内,兴庆宫为南内,太极宫为西内。玄宗返京,原居兴庆宫,其地邻近街道。肃宗李亨担心他和外界接触,发生复辟事件,乃迁玄宗于西内甘露殿,形同软禁。这句和下句是写西内玄宗居处的凄凉景象,南内系连类而及。 ② 梨园弟子:玄宗好歌舞、晓音律,曾于教坊中选三百人亲自教练于梨园。另有宫女数百人,则于宜春苑北习艺,均称为梨园弟子。 ③ 椒房:后妃所住的宫室,因用椒粉涂壁,使其香暖,故名。阿监:宫中监使,由年老女官或太监充任。阿,发语词。青娥:指年轻的宫女。青,黑色。娥,即蛾眉。 ④ 悄然:愁闷不语的样子。 ⑤ 挑:挑灯。古代照明用油灯,以灯草作灯芯点燃。灯草烧了一段时间,灯光就暗下去,要将灯草向前挑,才能使灯光复亮。这句是说时间过得很长,灯草一挑再挑,已经烧完了,但还没入睡。当时皇家贵族均点蜡烛,这句并非写实,只是为了渲染一种凄凉的气氛。 ⑥ 迟迟:形容时间漫长。钟鼓:指宫中报时的钟鼓。初长夜:深秋入冬的时候,夜开始长了。 ⑦ 耿耿:星光微明的样子。曙:天明。 ⑧ 鸳鸯瓦:屋瓦。因其上下两片,一俯一仰扣合在一起,故名。亦称阴阳瓦。霜华:霜花。重:厚。 ⑨ 翡翠衾:绣上翡翠鸟的被子。翡翠,翠鸟的一种,雌雄双栖。把它绣在被子上,亦如帐子上绣并蒂莲花,作为夫妇成双的象征。这里用来反衬玄宗的孤苦。

别经年①,魂魄不曾来入梦②。

临邛道士鸿都客③,能以精诚致魂魄④。为感君王展转思⑤,遂教方士殷勤觅⑥。排空驭气奔如电⑦,升天入地求之遍。上穷碧落下黄泉⑧,两处茫茫皆不见⑨。忽闻海上有仙山⑩,山在虚无缥缈间⑪。楼阁玲珑五云起⑫,其中绰约多仙子⑬。中有一人字太真,雪肤花貌参差是⑭。金阙西厢叩玉扃⑮,转教小玉报双

① 悠悠:形容时间的长久。 ② 魂魄:指杨妃的亡魂。 ③ 临邛(qióng 穷):今四川邛崃。道士:即方士,古代从事炼丹求仙活动的人。鸿都:东汉洛阳宫门名,为皇家藏书之所,这里借指长安。客:客居,旅居。 ④ 精诚:至诚,真诚。致:招引、引来。 ⑤ 展转思:反复思念。 ⑥ 殷勤:恳切周到。 ⑦ 排空驭气:驾云在空中飞行。 ⑧ 穷:穷尽,这里是找遍了的意思。碧落:道书《度人经》上所说的东方第一层天,以其遍布碧霞,故名。这里指天上、天界。黄泉:挖掘到地底深处所出的水,这里指地下、冥界。 ⑨ 茫茫:辽阔深远的样子。 ⑩ 仙山:指蓬莱山,神话传说中海外三山之一。 ⑪ 缥缈(piāo miǎo 飘秒):虚幻莫测、似有似无的样子。 ⑫ 玲珑:物体精巧的样子。五云:五色彩云。起:升。 ⑬ 绰(chuò 辍)约:姿态柔美的样子。 ⑭ 参差(cēn cī 岑阴平疵):仿佛、差不多的意思。 ⑮ 金阙:金制的门楼。西厢:西边。叩:敲。玉扃(jiǒng 窘):玉制的门扇。

成①。闻道汉家天子使②，九华帐里梦魂惊③。揽衣推枕起徘徊④，珠箔银屏迤逦开⑤。云鬓半偏新睡觉⑥，花冠不整下堂来⑦。风吹仙袂飘飖举⑧，犹似《霓裳羽衣舞》。玉容寂寞泪阑干⑨，梨花一枝春带雨。

含情凝睇谢君王⑩，一别音容两渺茫⑪。昭阳殿里

---

① 小玉：春秋时吴王夫差的女儿，相传死后成仙。双成：董双成，相传为西王母的侍女。这里以小玉、双成借指杨妃在仙界的侍女。陈鸿《长恨歌传》："方士抽簪叩扉，有双鬟童女出应门。方士造次（仓卒）未及言，而双鬟复入。俄有碧衣侍女又至，诘（问）其所从（从哪里来），方士因称唐天子使者，且致其命。"小玉指双鬟童女，双成指碧衣侍女。　② 闻道：听说。汉家天子使：唐玄宗派来的使臣。汉家，借指唐家。③ 九华帐：鲜艳的花罗帐。九，言其多。华，花。　④ 揽衣：披衣。徘徊：迟疑不前、走来走去的样子。这里用以表现杨妃闻讯后的内心激动。　⑤ 珠箔（bó 帛）：珠帘。银屏：镶嵌银丝图案的屏风。迤逦（yǐ lǐ 以礼）：接连不断的样子。　⑥ 云鬓：云形发鬓。新睡觉（jué 决）：刚睡醒。　⑦ 不整：没有戴正。⑧ 袂（mèi 妹）：衣袖。　⑨ 寂寞：形容面色因哀愁而惨淡。泪阑干：形容满面泪痕。阑干，纵横的样子。　⑩ 凝睇（dì 弟）：凝视。形容回忆往事而出神的情态。睇，微视。谢：告，致意。　⑪ 音容渺茫：不能见面的意思。音容，声音和容貌。渺茫，模糊不清。

恩爱绝①,蓬莱宫中日月长②。回头下望人寰处③,不见长安见尘雾。唯将旧物表深情④,钿合金钗寄将去⑤。钗留一股合一扇,钗擘黄金合分钿⑥。但令心似金钿坚,天上人间会相见。临别殷勤重寄词⑦,词中有誓两心知⑧。七月七日长生殿⑨,夜半无人私语时⑩。在天愿为比翼鸟⑪,在地愿为连理枝⑫。天长地久有时尽⑬,此恨

---

① 昭阳殿:汉宫殿名,成帝时赵飞燕姊妹所居,这里借指杨妃住过的宫殿,并与下句仙界"蓬莱宫"相对,代指人间。绝:断。 ② 日月长:时光悠长。以上两句的意思是说虽然天上人间,生死相隔,但在漫长的岁月中仍然思念不已。 ③ 人寰(huán还):人间。 ④ 旧物:指唐玄宗与杨妃成婚时送给她的纪念性礼物。陈鸿《长恨歌传》:"定情之夕,授金钗、钿合以固(使坚牢)之。" ⑤ 钿合:用金翠珠宝镶嵌的首饰,以两扇合成,形如花朵。金钗(chāi拆):首饰,由两股合成。 ⑥ 擘(bò柏):用手分开。以上两句的意思是说将钿合、金钗分开,一半留给自己,一半寄给玄宗。 ⑦ 殷勤:情意深厚。重:再。寄词:捎几句话。 ⑧ 誓:誓言。 ⑨ 七月七日:即七夕,乞巧节。古代神话,阴历七月初七夜,牛郎和织女双星在天河相会。旧时民间风俗,妇女于此日夜间陈设瓜果,向织女星乞求智巧。长生殿:在骊山华清宫内,又名集灵台,是祀神的地方。这里所说的长生殿是后妃寝宫的通称。 ⑩ 私语:低声密语。 ⑪ 比翼鸟:古代传说中的一种鸟,只有一目一翼,雌雄并在一起才能飞。 ⑫ 连理枝:连理树。两颗树不同根,但枝干连生在一起。 ⑬ 有时尽:有穷尽的时候。

绵绵无绝期①。

【翻译】

唐明皇看重美色，思念绝代佳人，

统治天下许多年，仍然访求不得。

姓杨的人家有一个女儿刚刚长成，

珍养在深闺中，人们无从赏识。

天生就美丽的姿质，难以自弃，

这一天终于被选在君王身侧。

她回转眼波微微一笑，百媚横生，

满宫的妃嫔相比下都失去美色。

初春犹寒，赐她在华清池沐浴，

滑润的温泉水洗濯洁白的丰肌。

侍儿扶她起来，显得娇弱无力，

正是她刚受到君王宠爱的吉日良时。

鬓发如云，容颜似花，头上插着金步摇，

在那温暖的芙蓉帐里共度春宵。

春宵太短，太阳高照方才起身，

从这时起，君王就停止了早朝。

承欢侍宴，忙得没有闲暇，

---

① 绵绵：连续不断的样子。

只有她陪着君王春游，伴着君王度夜。

后宫虽然有三千位美人，

君王对三千人的宠爱集中她一身。

金屋中晚妆停当，娇滴滴侍奉夜饮，

玉楼上酒宴初罢，红扑扑醉脸生春。

姊妹弟兄们都因她而封官裂土，

令人羡慕啊！那富贵荣华光耀了门户。

就使得天下的父母改变心思，

不看重生男，反而看重生女。

骊山上的华清宫高耸入云，

风儿飘送美妙的音乐，处处可闻。

她缓歌慢舞，伴奏着徐徐引声的丝竹，

君王整天观赏，还是感到看不够。

突然间范阳的战鼓震天动地地袭来，

惊断了正在表演的《霓裳羽衣曲》。

长安城阙弥漫着战火烟尘，

千乘万骑向蜀中仓皇逃奔。

车驾正在行进，忽然在马嵬驿停止，

走出了都城的西门才只有百余里。

护从的军士们不肯出发，无可奈何，

她娇啼婉转，竟在君王的马前惨死。

花钿丢弃在地上，哪有人去收，

还有翠翘、金雀钗、玉搔头。

君王双手掩盖着脸，救她不得，

临行时回头一望啊！血泪交流。

一路上黄土散漫，风声萧索，

走过曲折入云的栈道，又登上剑阁。

峨眉山下的行人十分稀少，

旌旗失去光彩，日色凄凉淡薄。

蜀江水多么绿啊，蜀山多么青，

君王朝思暮想，触景伤情。

行宫里见到月光，那是伤心的颜色，

夜雨中听到铃响，那是断肠的音声。

天旋转，日重光，御驾返长安，

旧地重临徘徊难以离去。

马嵬坡下，泥土里面，

再看不到玉貌花颜，只留下当年的死地。

君臣们惨然相顾，泪水沾湿了衣襟，

任凭马向东前行，望着都门回归。

宫中的园林景物，归来后依然如旧，

还是太液池的芙蓉，还是未央宫的柳。

芙蓉像她的娇容，柳叶像她的秀眉，

睹物思人啊，君王怎能不双泪暗垂。

送走了春风吹拂、桃李花开的春日，

又到了秋雨飘洒、梧桐叶落之时。

太极宫、兴庆宫长满了秋草，

落叶堆满庭阶，落花无人打扫。

梨园的弟子们新添了白发，

椒房的监使和宫女已经衰老。

夜晚间宫里流萤飘飞，情思悄然，

挑尽了孤灯还未能成眠。

等着迟迟不敲的钟鼓，捱过初长的秋夜，

望着那微明的星河，又是曙色临天。

殿屋上的鸳鸯瓦霜花浓重，

这冰冷的翡翠衾又与谁相共？

生死一别，慢悠悠又度过一年，

她的亡魂啊！却从不曾来托梦。

临邛有一位道士在京城作客，

他能够凭借至诚引来人的魂魄。

只因被君王反复思念的深情感动，

就使得他殷勤地把杨妃寻觅。

他腾空驾云，奔驰如闪电，

上天、入地，处处都寻遍。

向上穷尽九重天,往下直达到黄泉,

天上地下渺茫辽阔,都没有寻见。

忽然听说大海上有一座仙山,

那山在若有若无、似隐似现之间。

山上的楼阁精巧,五色祥云腾起,

里面住着许多柔婉多姿的仙子。

其中有一位仙子道号太真,

如花似玉的容貌和杨妃十分相似。

道士在金阙的西边敲开玉门,

小玉将道士的到来转告双成。

听说唐家天子派来了使者,

九华帐里她从梦幻中惊醒。

推枕披衣,起身徘徊,

把珠帘卷起,又将银屏移开。

半偏着发髻,仍带着睡态,

顾不到整好花冠就走下堂来。

微风吹动她的衣袖,飘飘举起,

还像当年在表演霓裳羽衣舞。

只是玉容惨淡,泪水纵横,

像是一枝白梨花沾上了春雨。

她含情凝视,请道士致意君王:

分别后音容阻隔，两下里渺渺茫茫。

从前昭阳殿里的恩爱已经断绝，

今日蓬莱宫中的岁月寂寞悠长。

回转头来，望一望下方的人间去处，

望不见长安，只望见迷濛的尘雾。

唯有用旧物表达深情，

这钿合，这金钗，寄将回去。

双股金钗留一股，两扇钿合留一扇，

掰开了金钗，分开了花钿。

只要心像金钿一样贞坚，

天上人间总会有相见的一天。

临别时，她又殷勤地把话嘱托，

话中的誓语只有两心知。

七月七日长生殿里，

半夜里四下无人，低声密语之时：

"在天上愿做那比翼齐飞的鸟儿，

在地上愿做那并生的连理枝。"

天虽长，地虽久，总有穷尽，

这绵绵长恨啊，永无绝期！

新 制 布 裘①

  本篇约作于元和初年(806)。诗人冬日新
制布裘,一时有感,写了这首关怀人民生活、表
现政治抱负的诗。诗中描述了身穿布裘、温暖
如春的感受,由此而推己及人,慨然以救济天下
寒人为己任。这种不忍一身独暖、愿与人人共
之的情怀,显示诗人可贵的品质。诗人情之所
至,幻想有一万里长裘,足以覆盖人间,想象丰
富,造语甚奇。杜甫曾有"安得广厦千万间,大
庇天下寒士俱欢颜,风雨不动安如山"(《茅屋为
秋风所破歌》)之句,两位诗人情相似、意相通,

---

① 布裘:棉袍。

都是肺腑之言，先后媲美。

桂布白似雪①，吴绵软于云②。布重绵且厚，为裘有余温③。朝拥坐至暮④，夜覆眠达晨。谁知严冬月⑤，肢体暖如春⑥。中夕忽有念⑦，抚裘起逡巡⑧，丈夫贵兼济⑨，岂独善一身⑩。安得万里裘⑪，盖裹周四垠⑫。稳暖皆如我⑬，天下无寒人⑭。

【翻译】

　　洁白的桂布好似白雪，

① 桂布：用木棉织成的布。木棉来自南海诸国，唐时在"桂管"地区（今广西壮族自治区一带）种植，因而把用木棉织成的布称为"桂布"，甚为珍贵。 ② 吴绵：吴地（今江苏苏州一带）出产的丝绵。 ③ 余温：温暖不尽的意思。 ④ 拥：围裹。这里指披在身上。 ⑤ 严冬月：冬天最冷的时候。 ⑥ 肢体：手足四肢和身体，全身的意思。 ⑦ 中夕：半夜。 ⑧ 逡（qūn 群阴平）巡：走来走去、思考忖度的样子。 ⑨ 兼济：即"兼济天下"。济，救济。 ⑩ 独：仅。善一身：即"独善其身"。白居易在《与元九书》中说："古人云：'穷则独善其身，达则兼济天下。'仆虽不肖，常师此语。"意思是说：困穷的时候就修身养性，自我完善；显达的时候，还要同时为天下人谋取福利。但这里的"独善"，也含有改善个人生活的内容。 ⑪ 安得：如何能得到。 ⑫ 周：遍及。四垠（yín 银）：四边，指全国范围。 ⑬ 稳暖：安稳温暖。 ⑭ 天下：全国。寒人：受冷的人。

柔软的吴绵赛过轻云。

桂布多么结实，吴绵多么松厚，

做一件袍子穿，身上有余温。

早晨披着坐，直至夜晚；

夜晚盖着睡，又到早晨。

谁知在这最冷的寒冬腊月，

全身竟暖和得如在阳春。

半夜里忽然有一些感想，

抚摸着棉袍，起身思忖。

男子汉看重的是兼济天下，

怎么能仅仅照顾自身！

哪里有长达万里的大袍，

把四方全都覆盖，无边无垠。

个个都像我一样安稳温暖，

天下再没有受寒挨冻的人。

观　刈　麦①

　　本篇作于元和二年(807),时任盩厔(今陕西
周至)县尉。诗中写五月麦收农忙季节在农村
中的见闻,描绘出青壮年割麦、妇女儿童送饭的
生动图景。诗人表现了他们劳动的艰辛与收获
的喜悦,但同时又刻画了一位因赋税繁重而失
去土地、被迫拾麦充饥的贫妇形像,暗示刈麦者
未来的命运,从而揭露了黑暗的现实,猛烈地抨
击了朝政。最后即事有感,联想自身宽裕舒适
的生活而深感惭愧,显示出诗人关心民瘼的仁
爱胸怀和革新朝政的善良愿望。全诗叙事简明

①　刈(yì意):割。

而曲折有致，用语朴实精警。

田家少闲月，五月人倍忙。夜来南风起①，小麦覆垄黄②。妇姑荷箪食，童稚携壶浆③。相随饷田去④，丁壮在南岗⑤。足蒸暑土气⑥，背灼炎天光⑦。力尽不知热，但惜夏日长。复有贫妇人，抱子在其旁。右手秉遗穗⑧，左臂悬敝筐⑨。听其相顾言，闻者为悲伤⑩。家田输税尽⑪，拾此充饥肠⑫。今我何功德⑬，曾不事农桑⑭。吏禄三百石⑮，岁晏有余粮⑯。念此私自愧，尽日不能忘。

① 南风起：起了南风，天气转热。 ② 垄：同垄，田埂。以上两句的意思是说麦子已经成熟，到了收割的时候。 ③ 妇姑：已婚妇女和未婚少女。这里泛指妇女。荷(hè 贺)：扛，挑。箪食(dān sì 丹四)：用圆形竹器盛的食物。童稚：小孩子。壶浆：用壶盛的水。 ④ 相随：相互跟随，成群结伙的意思。饷：送食物。 ⑤ 丁壮：青壮年男子。 ⑥ 暑土：盛夏太阳晒热了的土地。气：指暑气，热气。 ⑦ 灼(zhuó 酌)：烘烤。炎天光：炎热的阳光。 ⑧ 秉：执、拿。遗穗：收割后落在田里的麦穗。 ⑨ 敝筐：破旧的篮子。 ⑩ 闻者：白居易自指。 ⑪ 输税：交纳租税。 ⑫ 充：充实。 ⑬ 功德：功业和德行。 ⑭ 曾不：却不，竟不。事：从事。 ⑮ 吏禄：当官的薪俸。三百石：白居易当时的官阶是将仕郎，按规定每月有三十石禄米。这里是就一年的总数约而言之。石，容量单位，十斗为一石。 ⑯ 岁晏：年终，年底。晏，晚。

【翻译】

种田的人家没有空闲的月份，

五月里人们加倍繁忙。

夜里刮起了阵阵南风，

覆盖田埂的小麦已经成熟发黄。

妇女们挑着放饭菜的竹篮，

孩子们提着壶，装上水浆。

成群结伙到田间送饭，

割麦的青壮年就在南边的山岗。

他们脚底下蒸发着土地的暑气，

背脊上烤晒着炎热的阳光。

用尽了气力却不觉得天气酷热，

只是珍惜夏季的白天悠长。

又有一位贫穷的农家妇女，

抱着孩子站在他们一旁。

右手握着一把落在田里的麦穗，

左臂挂着一只破旧的竹筐。

听她对众人讲的一席话，

听到的人无不为她悲伤：

"为了交纳赋税，家中的田地都已卖尽，

只得拾一些麦穗充实饥肠。"

如今我又有什么功业、德行？

却没去务农耕田，养蚕种桑。

每年的禄米多达三百石，

一家人吃到年底还有余粮。

想到这件事不禁暗自惭愧，

整天挂在心头，难以遗忘。

李都尉古剑①

　　元和三年(808)，唐宪宗革新朝政，提拔了一批贤良之士担任重要官职。白居易被任为左拾遗，"供奉讽谏"。他很重视这个职位，正直敢言，屡上谏章，对朝政得失提出己见。本篇约作于元和三、四年之间，是一首比兴体的诗。诗人借题发挥，以古剑比喻谏官，用以自勉。诗中指出：谏官应该具有刚直之气，不畏权贵，宁折不弯，而且要着眼国家大事，不可计较个人私怨。诗语简洁明快，慷慨有力，显示了诗人努力尽职、实现自己政治理想的决心，

---

① 李都尉：其人未详。都尉，官名。

也表现了敢于斗争、为国家除奸去佞而不惜牺牲的气概。

古剑寒黯黯①，铸来几千秋②。白光纳日月③，紫气排斗牛④。有客借一观，爱之不敢求。湛然玉匣中⑤，秋水澄不流。至宝有本性⑥，精刚无与俦⑦。可使寸寸折，不能绕指柔⑧。愿快直士心⑨，将断佞臣头⑩。不愿报小怨，夜半刺私仇⑪。劝君慎所用⑫，无作神兵羞⑬。

---

① 黯黯：深暗的样子。 ② 几千秋：几千年。 ③ 纳：收取。古代神话传说：越王勾践曾以白牛白马祭祀昆吾山神，采金铸成八把剑，第一把剑名掩日，用它指日，日光立即黯淡；第三把剑名转魄，用它指月，月中蟾、兔为之倒转（见《拾遗记》卷十）。这句引用其意，意思说白色的剑光收取了日月的光华。 ④ 紫气：宝物的光气。排：推，冲。斗牛：斗星和牛星。晋代张华见有紫气上冲，在斗星与牛星之间，乃命雷焕任丰城县令，掘得龙泉、太阿两把宝剑（参见元稹《和乐天折剑头》诗注）。 ⑤ 湛(zhàn 占)然：澄明清澈的样子。玉匣：用玉装饰的剑匣。 ⑥ 至宝：最珍贵的宝物。本性：原本的性质。 ⑦ 精刚：精纯坚刚。俦(chóu 绸)：同"畴"。这里的意思是说不能同它相比。 ⑧ 绕指柔：柔软得可以缠在指头上。 ⑨ 快：乐意，称心。直士：正直的人士。 ⑩ 佞(nìng 泞)臣：巧言献媚的臣子。 ⑪ 私仇：于个人有仇的人。 ⑫ 慎：谨慎，当心。 ⑬ 神兵：宝剑的代称。兵，兵器。

【翻译】

这是一柄冷冰冰、暗幽幽的古剑，

铸成以来，已经历了几千个春秋，

那白色的剑光可掩日月，

那紫色的剑气上冲斗牛。

有一位客人想借来观赏，

只因剑主珍爱它，不敢请求。

在玉匣中它清澈发亮，

好像澄明的秋水止而不流。

最珍贵的宝物自有它的本性，

那份精纯和坚刚，并世无俦。

虽然可以使它一寸寸地折断，

却不能使它化作绕指弯柔。

希望它让正直的人士大快心意，

将用它来斩断奸臣的人头。

不希望它被用来报复个人小怨，

在半夜的时候去刺杀私仇。

劝你使用时务须谨慎，

不要让神兵利器为你而抱愧蒙羞。

宿紫阁山北村①

　　本篇约作于元和四年（809）前后，时任左拾遗。中唐时期，宦官擅权的问题非常严重。他们把持朝政，势焰熏天，甚至挟持皇帝，废立由己。这首诗所反映的是宦官掌握禁卫军军权、纵容士兵鱼肉百姓、横行不法的历史事实。诗人以亲身经历揭露了他们形同盗匪、公开抢劫的行径，将那种依仗权势、为所欲为的丑恶面目刻画得淋漓尽致。全诗不假修饰，纯用白描，声态俱作，情景毕露。结句将批判矛头指向宪宗李纯和神策中

---

　　① 紫阁山：即紫阁峰。终南山的一个山峰，在今陕西西安南。

尉吐突承璀,却故作恐惧劝诫之语,极富讽刺意味。白居易在《与元九书》一文中说:"闻《宿紫阁村》诗,则握军要者切齿矣。"诗人这种不计安危、不畏权势而敢于斗争的精神,是令人钦佩的。

晨游紫阁峰,暮宿山下村。村老见余喜,为余开一樽①。举杯未及饮,暴卒来入门②。紫衣挟刀斧③,草草十余人④。夺我席上酒,掣我盘中飧⑤。主人退后立,敛手反如宾⑥。庭中有奇树⑦,种来三十春⑧。主人惜不得,持斧断其根。口称采造家⑨,身属神策军⑩。主人慎勿语⑪,中尉正承恩⑫。

---

① 开一樽:设酒招待的意思。樽,装酒的器皿。 ② 暴卒:横暴的士兵。 ③ 紫衣:指穿三品以上紫色官服的神策军头目。挟刀斧:带着刀和斧头。 ④ 草草:乱嘈嘈的样子。 ⑤ 掣(chè 彻):抽取。飧(sūn 孙):熟食,这里指菜肴。 ⑥ 敛手:叉手。双手交叉,拱于胸前,表示恭敬。 ⑦ 奇树:珍奇的树。 ⑧ 三十春:三十年。 ⑨ 采造家:为皇帝采集木材、修建宫室的人。 ⑩ 神策军:中唐时皇帝的禁卫军之一。贞元时分为左、右神策军。元和时经常调去修建宫殿城池。 ⑪ 慎:禁戒之词。 ⑫ 中尉:神策军的最高长官。德宗贞元十二年(796),特置神策军左、右护军中尉两名。由宦官充任。这里所说的中尉可能指元和时的吐突承璀,当时他任左神策军护军中尉,最有权势。承恩:得到皇帝的宠信。

【翻译】

清晨去游览紫阁峰，

傍晚投宿在山下农村。

村老见了我十分欣喜，

为我设宴，打开了酒樽。

刚端起酒杯，还未沾唇，

一群横暴的士兵冲进大门。

为首的身穿紫衣，带着刀斧，

乱嘈嘈地约有十几个人。

他们夺去我席上的好酒，

又抢走我盘中的美飨。

当主人的反而退后站立，

恭敬地拱着手，好像来宾。

院子里长着一株珍奇的树，

种下它已有三十个秋春。

主人虽然爱惜它，也救它不得，

看着他们拿斧头砍断树根。

他们口称是为皇上伐木营造的人，

隶属皇上的神策军。

主人啊！你千万沉住气，不要开口，

神策军中尉正受到皇上恩宠信任。

同李十一醉忆元九①

元和四年(809),元稹奉使东川(今四川三台),白居易在他离开后,偕弟白行简、友人李健同游曲江和慈恩寺,并至李健家中饮酒。席上忆及元稹,随笔成篇,题于屋壁。首句说以一醉破除春愁,已隐含因元稹远行而心中抑郁之意。次句写饮时豪兴,似已欢然忘愁。第三句陡起波澜,忽然思念故人,酒不成欢而愁未能破,以"天际去"三字言其行程之远,关注之情跃然纸上。结句不作空泛的抒怀,而是紧接上文,平凡而实际地计算元稹的行程该至某处,那种"相去

---

① 李十一:即李健,字朴直。元九:即元稹。

日已远"(《古诗十九首·行行重行行》)的感慨完美地表现出来。诗人深情所注,自然成诗,于浅处见深,于平处见奇。

花时同醉破春愁,醉折花枝当酒筹①。
忽忆故人天际去,计程今日到梁州②。

【翻译】

花开的季节里一同饮酒,消解春愁,

酒醉时折下花枝,当做酒筹。

忽然想老朋友向远方行去,

计算一下行程,今日该到梁州。

---

① 酒筹:旧时饮酒用以计数的用具。 ② 梁州:今陕西南郑一带。当白居易写这首诗时,元稹果然到了梁州,也正在怀念白居易兄弟和李健,并且梦中和他们同游曲江和慈恩寺,作有《梁州梦》一诗。

·

海 漫 漫

　　元和四年(809)，白居易任左拾遗，创作了
大型讽谕性的组诗《新乐府》，共有五十首。前
有总序，阐明意图是"为君、为臣、为民、为物、为
事而作，不为文而作"。每首题名下有一小序，
分别说明各首的主旨。《新乐府》采用乐府歌行
体，反映了唐代自开国至贞元、元和时期的政治
情况和社会面貌，内容广泛丰富。《海漫漫》是
其中第四首。原序云："戒求仙也。"自秦、汉以
来，方士神仙之说对人们一直有很大的吸引力。
唐代迷信道教，炼丹服药以求长生，更成为上层
社会的风气，而宪宗李纯尤为信奉。诗人写秦
始皇、汉武帝的求仙故事，从历史事实方面力斥

信方士、求神仙之非，目的在于讽谕宪宗。但宪宗并未从中吸取教训，终于因乱服金丹、精神失常而为太监陈弘志所杀。全诗以具体的描述揭示求仙之事原本渺茫，方士之说纯属虚妄，而死亡不可避免乃是自然之理。语意警策，足以使迷信者深省。

　　海漫漫①，直下无底旁无边。云涛烟浪最深处②，人传中有三神山③。山上多生不死药，服之羽化为天仙④。秦皇汉武信此语，方士年年采药去⑤。蓬莱今古但闻名，烟水茫茫无觅处。海漫漫，风浩浩⑥，眼穿不见蓬莱岛。不见蓬莱不敢归，童男卝女舟中老⑦。徐福文成多诳

---

　　① 漫漫：无边无际的样子。　② 云涛烟浪：云烟波浪。
③ 三神山：秦时方士徐福等上书秦始皇，说是海中有三座神山，叫做蓬莱、方丈、瀛（yíng 营）州，有仙人住在上面。秦始皇相信了他们的话，派徐福带了童男童女几千人，到神山去访求神仙。西汉武帝时，也曾派人前往，目的都在取得吃了可以长生不死之药（事见《史记》中的《秦始皇本纪》和《孝武本纪》）。　④ 羽化：变化飞升的意思。古人称成仙为羽化。羽，翅膀。　⑤ 方士：古代好讲神仙方术的人。方术，古代指天文、医学、神仙术、占卜、相术等学术。　⑥ 浩浩：盛大的样子。　⑦ 童男卝（guàn 惯）女：未婚的男女少年。卝，古时儿童束发成两角的样子。

诞①,上元太一虚祈祷②。君看骊山顶上茂陵头③,毕竟悲风吹蔓草④。何况玄元圣祖五千言⑤,不言药,不言仙,不言白日升青天⑥。

【翻译】

大海啊,水漫漫!

直下没有底,旁侧没有边。

在那烟云浪涛最深的地方,

人们传说有三座神山。

山上生长着很多的长生药草,

① 文成:汉武帝时的方士少翁,以鬼神方术受到武帝的信任,封文成将军。后因骗局拆穿,为武帝所杀。诳(kuáng狂):欺诳,说假话。诞:荒诞,不合情理。 ② 上元:古代传说中的女仙上元夫人。太一:古代传说中最尊贵的天神。 ③ 骊山:在今陕西临潼东南,秦始皇死后葬于此处。茂陵:汉武帝的陵墓,在今陕西兴平东北。陵,帝王的墓地。 ④ 蔓(màn慢)草:乱草。以上两句的意思是说秦始皇与汉武帝企求长生,终不免一死。 ⑤ 玄元圣祖:即老子,姓李名耳,春秋时思想家,道家的创始人。唐代皇帝因与李耳同姓,倍加敬奉。高宗乾封元年(666)追尊为“太上玄元皇帝”,玄宗天宝三载(744),又加号为“大圣祖玄元皇帝”。五千言:指老子的著作《道德经》,其书共五千余字。 ⑥ “不言药”四句:意思是说在被认为道教之祖老子的著作中,没有讲服药求仙、得道升天的事情。方士所说,纯属无稽虚妄之谈。

吃了它就变化飞升,成为神仙。

秦始皇、汉武帝相信这些言语,

每年派方士到神山采药去。

从古至今,只听说蓬莱山的名字,

可是烟水茫茫,并没有寻觅之处。

海水漫漫,海风浩浩,

望穿了眼啊,也看不见蓬莱岛。

找不到蓬莱不敢归来,

男女少年们都在船中衰老。

徐福和文成多么虚妄荒诞,

向上元女仙、太一尊神徒然祈祷。

你看那骊山和茂陵的坟头,

毕竟是悲风吹着乱草。

又何况玄元圣祖的《道德经》,

没说过不死药,没说过求仙,

没说过大白日里飞升青天。

上　阳　人①

　　本篇为《新乐府》第七首。原序云："愍怨旷也。"主旨是同情、哀怜幽禁宫中、不得婚配的宫女。唐代宫中怨女成群,数以万计。白居易曾上谏书,请求宪宗拣放宫女。本篇写一位自天宝以来在宫中悲惨地度过一生的老年宫女,以具体的描述揭示封建统治者采选民间少女入宫,葬送她们的青春幸福的罪恶。全诗从她年

---

　　① 上阳人:上阳宫的宫女。上阳,唐代的行宫,在东都(今河南洛阳)皇城西南。唐高宗上元(674—676)时所建。白居易自注:"天宝五载(746)已后,杨贵妃专宠,后宫人无复进幸矣。六宫有美色者,辄置别所,上阳是其一也,贞元中尚存焉。"

轻时入宫写起，以春秋两季的情景概括她年复一年、重复单调的生活，将叙事、写景与抒情结合起来，着力刻画她内心的愁苦寂寞，写得委婉细腻，凄楚动人。在唐代以宫女为题材的诗歌中，这是仅有的长篇叙事佳作。

上阳人，红颜暗老白发新①。绿衣监使守宫门②，一闭上阳多少春③。玄宗末岁初选入④，入时十六今六十⑤。同时采择百余人，零落年深残此身⑥。忆昔吞悲别亲族⑦，扶入车中不教哭⑧。皆云入内便承恩⑨，脸似芙蓉胸似玉⑩。未容君王得见面，已被杨妃遥侧目⑪。

---

① 红颜：年轻女子的红润脸色。暗：暗地里，不知不觉地。　② 绿衣监使：穿绿色官服的太监。唐代在京都诸园苑各设两名主管的太监，称为监使。正监使从六品下，穿深绿色官服，副监使从七品下，穿浅绿色官服。　③ 多少春：多少年。④ 玄宗末岁：指天宝十五载（756）。　⑤ 今六十：据十六岁入宫时间推算，六十岁是唐德宗贞元十六年（800）。　⑥ 零落：凋谢，脱落。这里比喻死亡。残：残余，剩下。以上两句的意思是说同时入宫的宫女都已死去，只有这位上阳宫女尚存。⑦ 吞悲：忍住悲痛。　⑧ 不教：不令、不使。　⑨ 入内：进宫。内，皇宫。承恩：受到皇帝的宠爱。　⑩ 芙蓉：荷花。　⑪ 侧目：斜着眼睛看。以上两句的意思是说玄宗尚未见到上阳人，杨贵妃已生妒意，担心她夺宠。

妒令潜配上阳宫①，一生遂向空房宿②。宿空房，秋夜长，夜长无寐天不明③。耿耿残灯背壁影④，萧萧暗雨打窗声⑤。春日迟⑥，日迟独坐天难暮。宫莺百啭愁厌闻⑦，梁燕双栖老休妒⑧。莺归燕去长悄然⑨，春往秋来不记年⑩。唯向深宫望明月，东西四五百回圆⑪。今日宫中年最老，大家遥赐尚书号⑫。小头鞋履窄衣裳，青黛

---

① 潜配：暗中发配，不让唐玄宗得知，私自发往的意思。配，发配。 ② 遂：就。空房：独居的意思。这句的意思是说上阳人从此住在洛阳的上阳宫，终生见不到在长安的皇帝。③ 无寐：睡不着觉。 ④ 耿耿：微明的样子。背壁影，对灯独坐，墙壁上映出背影。 ⑤ 萧萧：象声词，这里指雨声。暗雨：夜雨。以上四句写她秋夜的孤苦寂寞。 ⑥ 迟：迟缓。秋天日短夜长，春天日长夜短，与上文相对。 ⑦ 啭：鸟鸣婉转。厌：厌恶、厌倦。 ⑧ 休：罢休，停止。以上两句的意思是说莺声虽美，但因心中愁闷，不喜欢听它。燕子成双作对，因年岁已老，对它已不生羡妒之意，连同前两句写她春日的空虚无聊。 ⑨ 莺归燕去：指春去秋来。长：常、时常。悄然：忧愁的样子。 ⑩ 以上两句的意思是说生活单调，无所事事，在痛苦煎熬中青春逝去，记年记月已无意义。 ⑪ 东西：由东往西，指月出与月落。四五百回圆：月圆一次为一个月，意思是说在宫中已过了四十多年。 ⑫ 大家：唐代宫中对皇帝的称呼。遥赐：远赐。当时皇帝住在长安，故云。尚书号：尚书的封号。这里的尚书是指宫中正五品的女官，常称为"内尚书"，与朝廷的尚书相别。号，封号，虚衔。

点眉眉细长①。外人不见见应笑，天宝末年时世妆②。
上阳人，苦最多。少亦苦，老亦苦③。少苦老苦两如何？
君不见昔时吕向《美人赋》④，又不见今日《上阳白
发歌》⑤。

【翻译】

上阳宫的宫人啊！

娇美的容颜悄悄衰老，白发添新。

那绿衣的监使把守着宫门，

她被关闭在上阳宫，经历了多少秋和春！

玄宗末年，她刚从民间选入，

进宫时年满十六，如今已到六十。

一道采选来的宫女有一百多人，

---

① 青黛：黑色的画眉粉。　② 时世妆：时髦打扮。以上四
句的意思是说上阳人关闭数十年，不与外界往来，仍保留天
宝年间进宫时的妆饰。但到贞元、元和年间，妇女的妆饰已
发生变化，因而人们看到她的老式妆扮就要感到可笑。
③ 少亦苦，老亦苦：年轻时有年轻时的痛苦，年老时有年老时
的痛苦。　④ 美人赋：白居易自注："天宝末有密采艳色者，当
时号花鸟使。吕向献《美人赋》以讽之。"吕向，字子回，开元
十年(722)召入翰林，兼集院校理。　⑤ 上阳白发歌：指本篇。
以上两句的意思是说《美人赋》与本篇同一内容，要知道宫女
的痛苦，只要读这两篇作品便知。

多年来死亡已尽,只剩下她一身。

回想她当年强忍悲痛,告别亲族,

众人搀扶她上车,不准许啼哭。

都说是一进宫就能获得皇上的宠爱,

嫩脸赛似荷花,酥胸如同白玉。

谁知还没有让君王见她一面,

就已经被杨贵妃遥遥侧目。

心生嫉妒的杨妃把她暗地里发往上阳宫,

她这一辈子便只能在空房独宿。

独宿空房啊,

秋季的黑夜多么悠长,

长夜里睡不着,天老是没有放明。

残灯的微光在墙壁上映出背影,

听着那萧萧夜雨敲打窗户的声音。

春季的白昼又是多么迟缓,

长日里独坐无聊,天老是难以入暮。

宫中莺声婉转,愁闷中听来厌烦,

梁上燕子双栖,人老了也不再嫉妒。

每逢莺燕归去,常常情思悄然,

春天去了秋天来,也记不得过了多少年。

只是在深宫里遥望那天边明月,

它东升西落,有四五百次缺而复圆。

今日的宫中,数她的年资最老,

君王从长安赐给她尚书的封号。

脚着尖头的鞋子,身穿紧窄的衣裳,

用青黛画眉,画得又细又长。

宫外人看不到她,看到她定要发笑,

这还是她天宝末年进宫时的时髦梳妆。

上阳宫的宫人啊,受苦最多:

年轻也苦,年老也苦。

年少年老这两种苦究竟如何?

你可曾读过从前吕向的《美人赋》,

又可曾读过今天的《上阳白发歌》?

折 臂 翁

　　本篇为《新乐府》第九首。原序云："戒边功也。"主题是反对统治者好大喜功,发动侵略性的开边战争。唐玄宗天宝十载(751)与十三载(754)两次大量征兵,征讨南诏,均大败而还,伤亡惨重。诗人通过一位当时以自残避免兵役的幸存者的自述,反映了这一历史事件,控诉了统治者的罪恶。诗中的折臂老翁是诗人精心塑造的艺术形象,对他为了避免兵役而捶折手臂的往日心情与今天体验描绘得非常真实,从中可见当时出征云南的士兵无一生还的悲惨命运,也可见出诗人对人民苦难深刻的理解与深厚的同情。

新丰老翁八十八①，头鬓眉须皆似雪。玄孙扶向店前行②，左臂凭肩右臂折③。问翁折臂来几年④，兼问致折何因缘⑤。翁云贯属新丰县⑥，生逢圣代无征战⑦。惯听梨园歌管声，不识旗枪与弓箭。无何天宝大征兵⑧，户有三丁点一丁⑨。点得驱将何处去，五月万里云南行⑩。闻道云南有泸水⑪，椒花落时瘴烟起⑫。大军徒涉水如汤⑬，未战十人二三死。村南村北哭声哀，儿别爷娘夫别妻。皆云前后征蛮者⑭，千万人行无一回。是时翁年二十四，兵部牒中有名字⑮。夜深不敢使人知，偷将大石捶折臂⑯。张弓簸旗俱不堪⑰，从兹始免征云南⑱。骨碎筋伤非不苦，且图拣退归乡土⑲。此臂折来六十年，一肢虽

135

①新丰：唐县名，今陕西临潼东北。　②玄孙：本身以下第五代孙子。　③凭：依靠。　④来：语气助词。　⑤因缘：原因，缘故。　⑥贯：籍贯。　⑦圣代：指唐玄宗开元年间及天宝前期。圣，称颂帝王之词。　⑧无何：不久，没过多久。天宝征兵：指征讨南诏。　⑨丁：人口。男称丁，女称口。　⑩云南：指南诏国，在今云南境内。　⑪泸水：即唐姚州（今云南姚安）附近的金沙江。相传江边有瘴气。　⑫椒（jiāo 焦）花：花椒树花。瘴烟：瘴气。　⑬徒涉：徒步涉水，从水中走过去。汤：沸水。　⑭蛮：古代对南方各少数民族的通称。　⑮牒（dié 蝶）：公文的一种。这里指征兵的名册。　⑯捶：敲击，拍打。　⑰簸（bǒ 跛）旗：摇旗。不堪：不能胜任的意思。　⑱兹：此。始：才。　⑲图：谋取、谋求。拣退：指挑选新兵，残废的人退回。

废一身全①。至今风雨阴寒夜，直到天明痛不眠。痛不眠，终不悔，且喜老身今独在②。不然当时泸水头，身死魂孤骨不收。应作云南望乡鬼，万人冢上哭呦呦③。老人言，君听取，君不闻开元宰相宋开府④，不赏边功防黩武⑤。又不闻天宝宰相杨国忠，欲求恩幸立边功⑥。边功未立生人怨⑦，请问新丰折臂翁。

---

① 一肢：指一臂。 ② 老身：老人自称。独：仅。 ③ 万人冢（zhǒng 种）：集体埋葬阵亡兵士的坟墓。白居易自注："云南有万人冢，即鲜于仲通、李宓（征讨南诏的主帅）曾覆军之所，今冢犹存。"呦（yōu 忧）呦：象声词，原指鹿鸣，这里指鬼哭声。 ④ 宋开府：宋璟，唐开元时的宰相。因他有开府仪同三司的名号，故称宋开府。开府，成立府署，自选僚属。唐代以"开府仪同三司"为文散官第一阶。 ⑤ 边功：在边境战争中立下的功劳。黩（dú 读）武：滥用武力，好战。白居易自注："开元初，突厥数犯边，时天武军牙将（偏将）郝灵荃出使，因引特勒回鹘部落，斩突厥默啜，献首于阙下，自谓有不世（非常）之功。时宋璟为相，以天子年少好武，恐侥功者生心，痛抑其党，逾年始授郎将，灵荃遂痛哭呕血而死。" ⑥ 恩幸：帝王对臣下的优遇和宠幸。白居易自注："天宝末，杨国忠为相，重构阁罗凤（南诏国王）之役，前后发二十余万众，去无返者。又捉人连枷赴役，天下怨哭，人不聊生，故禄山得乘人心而盗天下。元和初而折臂翁独存，因备歌之。" ⑦ 生人：生民。

【翻译】

新丰老翁年已八十八，

鬓发须眉白得像雪。

玄孙搀扶他向街店前走来，

左臂搭在玄孙肩头，右臂已经折断。

我问老人："这臂膀折断几多年？"

又问他："造成残废是什么因缘？"

老人说："我籍贯本属新丰县，

生逢盛世无征战。

听惯了梨园歌舞声，

不认识军旗、刀枪与弓箭。

没多久，天宝年间大征兵，

每户三丁抽一丁。

被抽的壮丁将往何处去？

五月里向万里外的云南行。

听说云南有个地方叫泸水，

当椒花飘落的时候，瘴气升起。

大军泅渡那热如沸汤的江水，

还未打仗，十人就有两三人病死。

村南村北的哭声多么悲哀，

儿子告别爹娘，丈夫告别爱妻。

都说前后征讨南诏的士兵啊，

去时成千上万，却没有一个人转回。

那时候我老汉的年龄正好二十四，

兵部征兵册子上有我的名字。

趁着夜深不敢让人知，

偷偷地用大石块捶折了右臂。

射箭、扛旗都无法胜任，

这一来才免了我云南远征。

折骨伤筋并非不痛苦，

只图个残废拣退，回转乡土。

折臂以来已过了六十年，

一臂虽残一身却得以保全。

到现在每逢刮风下雨的阴寒夜，

直到天亮痛得不能安眠。

痛得睡不着，始终不后悔，

喜的是如今只有我仍然健在。

要不然，当年就在泸水头，

身死魂飞，尸骨无人收。

成为一个云南望乡的野鬼，

在那万人坑上哭声空呦呦。"

老人的话啊！可要认真地听取。

您可曾听说过开元宰相宋开府，

不赏边功，为的是防止穷兵黩武。

又可曾听说过天宝宰相杨国忠，

为求恩宠热衷于开边邀功。

边功没立成，百姓生怨恨，

这只要问一问新丰县的折臂老翁。

缚 戎 人

　　本篇为《新乐府》第二十首。原序云："达穷
民之情也。"所谓穷民,本指无父母妻子的孤独的
人,这里指的是一位边地平民。他因家乡沦陷而
流落吐蕃,娶妻生子,生活达四十年之久。当他
因热爱祖国、怀念乡土而孑身逃出番邦,却被边
地将领当作俘虏来献给皇帝,发配江南。诗中描
述了他的悲惨遭遇,不仅抒写出他那含冤负屈、
孤苦无告的悲愤,也表现出广大边地人民念念不
忘祖国的深厚感情。同时对于弄虚作假、冒功邀
赏的边将和高高在上、昏庸无能的皇帝,更是予
以尖锐揭露和讽刺。全诗的情节曲折,刻画细
腻,塑造了一个生动鲜明的爱国者形象。

缚戎人①,缚戎人,耳穿面破驱入秦②。天子矜怜不忍杀③,诏徙东南吴与越④。黄衣小使录姓名⑤,领出长安乘递行⑥。身被金创面多瘠⑦,扶病徒行日一驿⑧。朝餐饥渴费杯盘⑨,夜卧腥臊污床席⑩。忽逢江水忆交河⑪,垂手齐声呜咽歌⑫。其中一虏语诸虏,尔苦非多我苦多。同伴行人因借问⑬,欲说喉中气愤愤⑭。自云"乡管本凉原⑮,大历年中没入番⑯。一落番中四十载,身着

① 缚戎人:被绑缚的戎人。戎人:古代对西方少数民族的通称,这里指俘获的吐蕃人。 ② 驱:驱赶。秦:指长安。③ 矜(jīn今):怜悯,同情。 ④ 徙(xǐ洗):迁移。吴、越:今江苏、浙江一带。 ⑤ 黄衣小使:指押解俘虏的太监。黄衣,唐代太监品服中最低的服色。使,指宫使,太监。录:记录。⑥ 递:传车、驿车。 ⑦ 金创:刀剑的创伤。瘠:瘦。 ⑧ 扶病:带病勉强行动。徒行:步行。驿(yì译):驿站。古代供应公务人员旅途住宿、换马的处所。两驿之间为一站地。这句所说的"徒行"与上文"乘递"有矛盾之处。 ⑨ 费杯盘:吃不够的意思。费,耗费。 ⑩ 臊(sāo骚):腥臭。 ⑪ 交河:在今新疆吐鲁番西北。 ⑫ 呜咽:低声哭泣。 ⑬ 借问:请问。⑭ 愤愤:犹忿忿,心中不平。 ⑮ 乡管:家乡籍贯。凉原:凉州和原州,在今甘肃境内。 ⑯ 大历:唐代宗李豫年号(766—779)。没:流落。番:古代对少数民族的通称,这里指吐蕃。代宗广德元年(763),凉原二州陷于吐蕃,因此诗中主人公于大历年间流落吐蕃。

皮裘系毛带。唯许正朔服汉仪①，敛衣整巾潜泪垂②。誓心密定归乡计③，不使番中妻子知。暗思幸有残筋力④，更恐年衰归不得。番候严兵鸟不飞⑤，脱身冒死奔逃归。昼伏宵行经大漠，云阴月黑风沙恶⑥。惊藏青冢塞草疏⑦，偷渡黄河夜冰薄⑧。忽闻汉军鼙鼓声⑨，路旁走出再拜迎⑩。游骑不听能汉语⑪，将军遂缚作番生⑫。配向江南卑湿地⑬，定无存恤空防备⑭。念此吞声仰诉

① 正朔：农历正月初一。服汉仪：穿汉人的服装。　② 敛衣整巾：整一整衣帽。潜：深藏不露。　③ 这句白居易自注云："有李如暹(xiān 纤)者，蓬子将军之子也。尝没番中。自云：番法唯正岁一日许唐人之没番者服唐衣冠，由是悲不自胜，遂密定归计也。"　④ 残筋力：剩余的筋力，还没有衰老的意思。　⑤ 番候严兵：意思是说吐蕃的警戒森严。候，即斥候，侦察候望。　⑥ 云阴月黑：意思是阴云遮月，没有月光。⑦ 青冢(zhǒng 肿)：本指汉王昭君墓，在今内蒙古自治区呼和浩特西南，这里泛指长草的坟地。冢，坟墓。塞(sài 赛)：边塞、边地。　⑧ 以上两句写逃跑途中的艰险困难。躲藏在坟地里，担心塞草稀疏，难以藏身；夜间偷渡黄河，又怕冰层不厚而陷落。　⑨ 鼙鼓：古代骑兵用的一种小鼓。　⑩ 再拜：古代的一种礼节，先后拜两次，表示隆重。　⑪ 游骑(jì 寄)：巡逻的骑兵。　⑫ 番生：被俘虏的番人。生，生口，唐时口语，即俘虏。　⑬ 配：发配，发送。卑湿：低下潮湿。　⑭ 存恤(xù 序)：存问抚恤，即慰问救济。空防备：只是防范。

天①,若为辛苦度残年②。凉原乡井不得见③,胡地妻儿虚弃捐④。没番被囚思汉土,归汉被劫为番虏⑤。早知如此悔归来,两地宁如一处苦⑥。缚戎人,戎人之中我苦辛。自古此冤应未有,汉心汉语吐蕃身"⑦。

【翻译】

被捆绑的戎人,被捆绑的戎人,

耳朵穿,面皮破,被赶进了长安城。

皇上怜悯,不忍心屠杀,

下了诏令,把他们迁往吴越。

黄衣太监记下他们的姓名,

押送出长安,乘车前行。

身上有刀剑的创伤,脸色瘦瘠,

带着病勉强步行,每天只能走一驿。

早晨进餐,饥渴得吃光了杯盘,

夜晚歇息,一身的腥臊弄脏了床席。

猛然间见到江水,想起家乡交河,

一齐垂下手,呜呜咽咽地唱起悲歌。

---

① 吞声:不出声,有冤无处诉的意思。 ② 若为:如何,哪堪。残年:余年,晚年。 ③ 乡井:家乡。 ④ 弃捐:捐弃、丢弃。 ⑤ 劫:劫制,用武力逼迫。 ⑥ 宁如:怎如,哪如。 ⑦ 吐蕃身:吐蕃人的身份,意思是被当作吐蕃俘虏来对待。

其中有个番虏告诉众人说：

"你们受苦不少，我受的更多。"

同伴们就向他追问，

刚要开口，喉中先就气忿忿。

他说："我的家乡本属凉原，

大历年间没落入外番。

一落入番中就过了四十载，

身上披皮衣，腰间扎毛带。

只准在正月初一穿汉人服装，

整理衣冠我暗自悲伤。

立下决心，秘密定下归乡计，

不敢让番中的妻子得知。

我庆幸还有些残余的筋骨精力，

更担心年纪衰老，回家不得。

番地哨卡警戒森严，鸟都无法飞越，

我冒死东归，侥幸逃脱。

昼伏夜行通过了大漠，

阴云遮蔽月光，风沙十分险恶。

惊慌地躲进坟地，担心塞草稀疏，

夜里偷渡黄河，又怕河冰太薄。

忽然听到唐兵敲击鼙鼓的声音，

高兴得从路旁走出，再拜相迎。

虽然我一口汉语，游骑却根本不听，

将军把我绑起来，说是活捉的番兵。

如今发配到江南的卑湿之地，

没有慰问抚恤，只有严密的防备。

我想到这里忍气吞声，仰头上诉青天，

今后怎样去度过痛苦的晚年。

我的家乡凉原从此不能得见，

胡地的妻子儿女也白白地弃捐。

当年流落番邦被囚禁，思念汉土，

今天回到汉土，又被劫持成为俘虏。

早知道这样，真是悔不该归来，

两地受苦，倒不如一处受苦。

被捆的戎人啊！

在戎人里面，我最痛苦，最酸辛。

自古以来，这样的冤屈哪儿有？

汉人的心，汉人的语，却是吐蕃的身份。"

两 朱 阁①

　　本篇为《新乐府》第二十四首。原序云："刺佛寺寖多也。"唐代佛教兴盛,全国寺庙林立,占用了大量的土地,在居户稠密的都市,更侵占了民宅用地。而皇帝和富贵人家,却往往因迷信而施舍住宅,改作佛寺,用以祈求福泽。诗人以唐德宗为他两个女儿立寺的典型事例,批判了这种不良的习俗和风尚。诗中惋惜一所并吞很多民地而精心构筑的华丽宅第置于无用之地,同情平民住房拥挤不堪的困苦,并在结句中指出佛寺寖多的严重后

---

① 朱阁:红楼,富贵人家女子的住处。

果。所谓"渐恐人间尽为寺",并非危言耸听。史载唐武宗曾拆废全国官、私所建寺庙达四万四千六百余所,数字惊人。可见诗人语必有据的"其事核而实"(《新乐府序》)的现实主义精神。

两朱阁,南北相对起。借问何人家,贞元双帝子①。帝子吹箫双得仙②,五云飘摇飞上天③。第宅亭台不将去④,化为佛寺在人间⑤。妆阁伎楼何寂静⑥,柳似舞腰池似镜。花落黄昏悄悄时⑦,不闻鼓吹闻钟磬⑧。寺门

---

① 贞元双帝子:指唐德宗的两个女儿,贞穆公主和庄穆公主。贞元,唐德宗李适的年号(785—805),共二十一年。帝子:皇帝的儿女。 ② 帝子吹箫:古代神话故事,春秋时有一名唤萧史的人,善于吹箫。秦穆公将女儿弄玉嫁给他。夫妻俩一同吹箫,模仿凤鸟的鸣声,引来了真的凤鸟。于是弄玉跨凤,萧史乘龙,两人升天成仙(见《列仙传》)。 ③ 五云:五色彩云。以上两句借用神话故事指两位公主亡故。 ④ 不将去:不带走。 ⑤ 化为:变为、改为。以上两句的意思是说两位公主死后,德宗将她俩的住宅舍作佛寺,以求冥福。 ⑥ 妆阁伎楼:梳妆歌舞的楼阁。伎:古代歌舞的女子。 ⑦ 悄悄:寂静。 ⑧ 鼓吹:古代的一种乐器合奏。钟磬(qìng 庆):钟磬的声音。磬,佛寺中钵形的铜乐器。

敕榜金字书①,尼院佛庭宽有余②。青苔明月多闲地③,比屋齐民无处居④。忆昨平阳宅初置⑤,吞并平人几家地⑥。仙去双双作梵宫⑦,渐恐人间尽为寺⑧。

【翻译】

  有两座红色的楼阁,

  一南一北,对称地高高耸起。

  要问这是哪一家的住宅,

  它原属于贞元年间的两位公主。

  公主吹着洞箫,双双成为神仙,

  乘着五色彩云,飘摇地飞上了天。

  她俩的住宅花园没有带走,

  把它改作佛寺,留在人间。

  往日梳妆歌舞的楼阁多么寂静,

---

  ① 寺门敕榜:寺门的匾额上标明奉敕建造,即"敕建某某寺"字样。敕,皇帝的诏令。榜,木牌、匾额。 ② 尼院佛庭:尼姑居住与念经礼佛的庭院。有余:指有余地,有多的地方。 ③ 闲地:放在一旁、未加利用的土地。 ④ 比屋:房子挨着房子。齐民:平民。 ⑤ 昨:往日。平阳公主,汉武帝的姐姐,以豪侈著名。这里借指德宗的女儿,隐有贬意。置:置办,这里指营造住宅。 ⑥ 平人:平民。几家地:多少人家建屋的基地。 ⑦ 梵(fàn 范)宫:梵寺、佛寺。 ⑧ 这句的意思是说佛寺愈来愈多,老百姓将没有地方建屋居住。

只有杨柳还像舞腰，池水还像明镜。

到黄昏寂静时花瓣悄悄洒落，

听不到奏乐的声音，只听到钟磬。

寺门的匾额上有"敕建"的金书大字，

寺内的庭院宽敞，地方尽有多余。

明月照着青苔，那是闲置的土地，

老百姓却屋挨着屋，无地安居。

想当年为公主营建住宅时，

并吞了多少老百姓的房基。

她俩升往仙界，住宅就改为梵官，

只怕这人间逐渐遍地是佛寺。

杜　陵　叟①

　　本篇为《新乐府》第三十首。原序云："伤农夫之困也。"元和三年(808)冬季到次年春季,发生严重的旱灾。诗人怀着对农民的深厚同情,反映了农民在麦枯禾死、颗粒无收的境况下被迫典桑卖地以交纳官租的悲惨处境,并且揭露官府所谓蠲免租税,不过是愚弄农民的骗局。诗的批判矛头指向地方官吏,认为他们将农民置于水深火热之中,实际上就是贪婪残暴的豺狼。对于应负主要责任的唐宪宗,诗人虽在诗

---

①杜陵:唐县名,在今陕西西安东南。叟(sǒu 擞):老人。

中有所回护，但既有贪酷之臣，必有昏庸之君，其中的内在联系，读者则可于言外得之。全诗情绪愤慨，措词激烈，表现了诗人为民请命的精神和直言无忌的勇气。

杜陵叟，杜陵居，岁种薄田一顷余①。三月无雨旱风起，麦苗不秀多黄死②。九月降霜秋早寒，禾穗未熟皆青干③。长吏明知不申破④，急敛暴征求考课⑤。典桑卖地纳官租⑥，明年衣食将何如⑦。剥我身上帛⑧，夺我口中

---

① 薄田：贫瘠的田地。一顷余：一百多亩。顷：一百亩，唐代均田制规定，每一成年男丁可分田百亩，但未能实行。这里泛指一户农民的耕地，并非实数。 ② 秀：稻麦开花。黄死：发黄枯死。 ③ 干：干瘪，指颗粒不饱满。以上四句指旱灾。当时白居易和李绛曾联名上书，奏请宪宗免除灾区的租税。 ④ 长吏：本指食俸四百石至二百石的高级县吏，这里泛指地方一级的负责官员，包括县令、县丞、县尉等。申破：用书面形式据实呈报上级。破，揭穿，说出。 ⑤ 急敛暴征：紧急征收。敛，征税。征，收取。考课：唐代对官员定期考核政绩，根据一定的标准分别等级，以定升降赏罚。课，考察、审核。以上两句的意思是说地方官员为了在考课中政绩优异而升官获赏，因而明知灾情严重而故意隐瞒，加紧征收。 ⑥ 典：典当，抵押。 ⑦ 何如：如何，怎么样。 ⑧ 帛：丝织品的总称，这里指衣服。

粟①。虐人害物即豺狼②,何必钩爪锯牙食人肉③。不知何人奏皇帝,帝心恻隐知人弊④。白麻纸上书德音⑤,京畿尽放今年税⑥。昨日里胥方到门⑦,手持敕牒榜乡村⑧。十家租税九家毕,虚受吾君蠲免恩⑨。

【翻译】

杜陵老人啊,在杜陵县居住,

每年耕种贫瘠的田地约有一顷余。

三月间不下雨,旱风刮起,

麦苗开不了花,大都发黄枯死。

九月间落霜,秋天提早转寒,

禾穗没有成熟就已经青干。

---

① 粟:小米,这里泛指粮食。 ② 虐:残暴、侵害。 ③ 钩爪锯牙:脚爪锋锐如同钩子,牙齿尖利如同锯子。 ④ 恻隐:同情、不忍。人弊:即民弊,人民的困苦。弊,疲困。 ⑤ 白麻纸:用白麻制成的一种贵重的纸。唐代关于国家大事的重要诏令用白麻纸书写。德音:唐代诏令的一种,内容是免租、赦罪等被认为属于皇帝恩德的事,后代也称为"恩诏"。 ⑥ 京畿(jī鸡):国都附近一带地区。唐代设京畿采访使,管辖长安附近四十余县。 ⑦ 里胥(xū虚):乡村里的小吏和公差。唐代每百户人家设里正一人,其下还有差役。 ⑧ 敕牒(dié蝶):传达诏令的文书、告示。榜:张贴、张挂。 ⑨ 虚受:空受。蠲(juān捐)免:免除。

地方官明知灾情，并不呈报说破，

他们加紧收税，求得通过考课。

抵押桑树、变卖土地来交纳官租，

明年的吃饭穿衣又将如何？

剥夺我身上的衣帛，

抢走我口中的粮粟，

只要残害老百姓就是豺狼，

又何必用钩锯般的爪牙生食人肉？

不知道什么人把灾情奏闻皇帝，

皇帝心生怜悯，了解农民的困弊。

白麻纸上书写着宣布恩德的诏令，

京城各县都免除今年的租税。

直到昨天里正才来到家门，

手里拿着免税的告示张贴乡村。

十家的租税有九家收缴完毕，

虚领了我们皇上免税的大恩。

缭　绫①

　　本篇为《新乐府》第三十一首。原序云:"念女工之劳也。"内容是同情纺织妇女劳动的艰辛,揭露宫廷的奢侈浪费。唐代手工业相当发达,养蚕纺丝的江南地区能够织造出精美无比的高级丝织品。这种纺织品织造极难,费时费力,扎扎千声,不能盈尺。宫中用以制成舞衣,却任意糟蹋,毫不爱惜。诗中通过对缭绫工艺成就的生动描绘,赞扬纺织妇女的创造性劳动,谴责毁弃珍物的宫中妃嫔。一成一毁,对比鲜

————————

　　① 缭绫:绫绢,一种高级的丝织品,极为珍贵,专供宫廷应用。

明，深刻有力地表现了主题。诗人的批判对象实际上是封建统治者，因此结句极有分寸，谅解宫妃在深宫中不知外事，没有认识到舞衣来之不易，而应负追求享乐、恣情挥霍的责任者为谁，也就不言而喻。

缭绫缭绫何所似？不似罗绡与纨绮①。应似天台山上明月前②，四十五尺瀑布泉③。中有文章又奇绝④，地铺白烟花簇雪⑤。织者何人衣者谁？越溪寒女汉宫姬⑥。去年中使宣口敕⑦，天上取样人间织⑧。织为云外

---

① 罗绡（xiāo 消）纨（wán 丸）绮（qǐ 起）：分别是四种精细的丝织品。罗绡用生丝，纨、绮用熟丝。 ② 天台山：在今浙江天台北。 ③ 四十五尺：指一匹缭绫的长度。以上两句以月照瀑布形容缭绫的洁白与光彩。 ④ 文章：错杂的色彩，这里指花纹图案。文，青色与赤色相配。章，赤色与白色相配。绝：极、最。 ⑤ 地：同"底"。簇（cù 促）：攒聚。以上两句的意思是说在缭绫白色底子上又织出白色的花纹图案。
⑥ 越溪寒女：浙江一带贫穷人家的女子。汉宫姬：借指唐代宫中的妃嫔。姬，古代妇女的美称。 ⑦ 中使：宫中派出的使者，即太监。口敕：皇帝的口头命令。 ⑧ 天上：指宫廷。取样：设计式样。人间：指浙江织绫的地方。以上两句的意思是说由太监带去宫中设计的图案，命织工按照规定的式样织造。

秋雁行①,染作江南春水色②。广裁衫袖长制裙③,金斗熨波刀剪纹④。异彩奇文相隐映⑤,转侧看花花不定⑥。昭阳舞人恩正深⑦,春衣一对值千金⑧。汗沾粉污不再着,曳土踏泥无惜心⑨。缭绫织成费功绩⑩,莫比寻常缯与帛⑪。丝细缲多女手疼⑫,扎扎千声不盈尺⑬。昭阳殿里歌舞人,若见织时应也惜。

【翻译】

> 缭绫！缭绫！跟什么相似？
>
> 既不似罗、绡,也不似纨、绮。
>
> 该是像那天台山上,明月之前,
>
> 流下了四十五尺的瀑布清泉。

---

① 云外:指高空。 ② 以上两句是指奉旨特制、按宫中式样织成的缭绫。上文所说的白底白花是指一般的缭绫。 ③ 广:宽幅。长:长幅。 ④ 金斗:熨斗的美称。熨波:熨平衣料。刀剪纹:用剪刀裁剪衣料。 ⑤ 隐映:隐现照映。 ⑥ 转侧看花:从不同角度看花。花不定:形容花纹的光彩闪动。 ⑦ 昭阳舞人:汉成帝时的赵飞燕,善于歌舞,曾居昭阳殿。这里借指以歌舞得宠的妃嫔。 ⑧ 春衣:指舞衣。一对:指上衫与下裙。 ⑨ 曳(yè 夜):拖、拉。 ⑩ 功:工夫。绩,纺绩。 ⑪ 缯、帛:丝织品的总称。以上两句的意思是说织成缭绫最费功夫,不能把它当作一般的丝织品来看待。 ⑫ 缲(sāo 搔):煮茧抽丝。 ⑬ 扎(yà 亚)扎:织机在纺织时发出的声音。

织在上面的图案美得令人叫绝，

底上铺了一层白烟，花儿攒成一丛白雪。

织它的是什么人？穿它的又是谁？

越溪的贫女，宫中的艳姬。

去年太监来宣布皇帝口授的诏令，

从宫中取来式样，命民间照式纺织。

织成飞在云上的一行行秋雁，

染上江南一江春色。

宽幅裁作衫袖，长幅制成衣裙，

用熨斗熨平皱折，用剪刀剪开花纹。

奇异的色彩和纹饰相互隐映，

正面看，侧面看，鲜艳的花色闪烁不定。

宫廷舞姬深受皇帝恩宠，

赐她一套春衣，价值千金。

只要汗、粉沾污，她就不愿再穿，

在地上拖来踩去，毫无爱惜之心。

要知道缭绫织成费尽了心力，

莫把它与寻常的缯帛相比。

煮茧抽丝痛煞了织女的双手，

扎扎千声，缭绫还织不满一尺。

宫廷里轻歌曼舞的艳姬，

如果见到织造的艰辛，应该也会爱惜。

卖 炭 翁

　　本篇为《新乐府》第三十二首。原序云:"苦官市也。"唐代皇帝派太监到市场购买物品,名为官市,实为掠夺,是当时人民深恶痛绝的弊政。这首诗通过一位卖炭老翁的遭遇,揭露了官市的罪恶,反映了劳动人民横遭掠夺的痛苦。诗中先写老翁烧炭的辛勤、生活的贫困,以及天寒地冻、远道驾车的艰苦,再写官使仗势横行、欺压平民的行径,具体生动,历历如绘。其中"可怜身上衣正单,心忧炭贱愿天寒"之句写老翁复杂矛盾的心理活动,尤为真切。结句没有直接发表议论,以事实引人深思,戛然而止,含蓄有力。

卖炭翁,伐薪烧炭南山中①。满面尘灰烟火色,两鬓苍苍十指黑②。卖炭得钱何所营③,身上衣裳口中食。可怜身上衣正单④,心忧炭贱愿天寒。夜来城外一尺雪,晓驾炭车辗冰辙⑤。牛困人饥日已高,市南门外泥中歇⑥。两骑翩翩来是谁⑦?黄衣使者白衫儿⑧。手把文书口称敕⑨,回车叱牛牵向北⑩。一车炭重千余斤,宫使驱将惜不得⑪,半匹红纱一丈绫⑫,系向牛头充

① 伐薪:砍柴。南山:指终南山,今陕西西安南。 ② 苍苍:形容头发花白。 ③ 营:谋求,打算。 ④ 正:恰好。单:单薄。 ⑤ 辗(niǎn 捻):转磨,转压。冰辙(zhé 折):压在冰上的车轮痕迹。 ⑥ 市南门外:唐代长安有东、西两个市场;两个市场,各有东、西、南、北四个门。商贩和郊区农民只能在市场南门外边做生意。 ⑦ 骑(jì 计):骑马的人。翩(piān 偏)翩:形容轻捷的姿态。 ⑧ 黄衣使者:宫中派出购买物品的太监。黄衣,有品级的太监穿有色的公服,黄色是最低的品级。使者,皇帝派出的人。白衫儿(ní 尼):没有品级的青年太监,不穿公服。儿,年轻人。 ⑨ 文书:公文、执照。敕:皇帝的命令。 ⑩ 叱(chì 赤):呼喝。北:指皇宫。皇宫在两市的北面。以上四句是写当时宫市的情况。唐代宫中的日用物品本由官府承办,德宗贞元末年(805),改由太监直接向市场购买,称为宫市。他们随意掠取货物,象征性地给点代价,命货主送进皇宫。 ⑪ 驱将:赶走。将,语气助词。惜不得:虽然舍不得也没有办法。 ⑫ 半匹:两丈。纱、绫:都是丝织品。唐代贸易,绢帛一类丝织品可作货币使用,四丈为一匹。

炭值①。

【翻译】

> 有一位卖炭为生的老翁，
>
> 他砍柴烧炭，在那终南山中。
>
> 满脸尘灰，尽是烟熏火烤的颜色，
>
> 两边鬓发花白，十个指头乌黑。
>
> 卖炭赚到一些钱，用来买什么？
>
> 身上穿的衣裳，口中吃的粮食。
>
> 可怜他身上的衣裳穿得正单，
>
> 心中只怕炭贱，反而盼望天寒。
>
> 昨夜城外落了一尺厚的雪，
>
> 一大早就驾着炭车，辗压着冰辙。
>
> 牛累了，人饿了，太阳已经升高，
>
> 他在市场南门外的泥泞中停车暂歇。
>
> 两个骑马的翩翩而来，那是什么人？
>
> 一个是黄衣使者，一个是白衣后生。
>
> 他们手拿公文，口称皇帝的命令，

---

① 系(jì 计)：结、挂。充：充当，抵当。值：价值。以上两句是说宫使将宫中陈旧的纱绫作为代价付给老翁。当时钱贵绢贱，一匹绢只相当八百文钱。用半匹纱和一丈绫买重达千斤的一车炭，实际上是一种掠夺。

吆喝着牛车转向北行。

一车炭啊！一千多斤重，

宫使强买去啊，爱惜不得！

半匹红纱一丈薄绫，

牛头上一缠，便算是一车炭的价值。

盐 商 妇

　　本篇为《新乐府》第三十八首。原序云："恶幸人也。"所谓"幸人"就是"幸民",指那些以非法手段侥幸致富、不事生产而生活优裕的人。唐代实行盐铁专卖制度,盐税是国家财政的大宗收入。一些承包贩盐的商人勾结盐官,私抬售价,从中渔利。老百姓固然因高价盐而困苦不堪,国家也受到很大损失。诗人认为这些盐商就是"幸民",是国家的蠹虫,因而予以猛烈的抨击和辛辣的讽刺。诗中没有从正面写盐商的活动,而是从侧面写其眷属呼奴喝婢、鲜衣美食的寄生生活,使人吟味思索,更有艺术力量。诗人还将笔锋指向中央主管盐政的高级官员,致慨于当时盐运使一职没有理财的能手充任，表现了自己政治改革的热情与振兴国家的愿望。

盐商妇，多金帛①，不事田农与蚕绩②。南北东西不失家，风水为乡船作宅。本是扬州小家女③，嫁得西江大商客④。绿鬟富去金钗多⑤，皓腕肥来银钏窄⑥。前呼苍头后叱婢⑦，问尔因何得如此。婿作盐商十五年⑧，不属州县属天子⑨。每年盐利入官时，少入官家多入私⑩。官家利薄私家厚，盐铁尚书远不知⑪。何况江头鱼米贱，

---

① 金帛：指钱财。帛：丝织品。 ② 田农：种田。蚕绩：养蚕纺丝。 ③ 扬州：今江苏扬州，唐代著名的商业城市。设有盐铁巡院，管理盐政。小家：小户人家，指一般市民。 ④ 西江：唐代的江南西道，即今江西省。 ⑤ 绿鬟(huán还)：乌黑光亮的环形发髻。富：丰厚。去：与下句"来"均为语气助词。 ⑥ 皓：洁白。银钏(chuàn串)：银手镯。 ⑦ 苍头：男奴。叱(chì赤)：呼喝。婢：女仆。 ⑧ 婿：夫婿，丈夫。 ⑨ 不属州县：唐代盐铁由国家专卖，立有盐商名册，其户籍虽在州县，但由国家专司盐铁的部门管理。州县地方官不管。 ⑩ 这两句的意思是说食盐虽有国家规定的统一价格，但专利贩卖的商人私抬售价，高于官价。因而所得利润，国家少而私人多。 ⑪ 盐铁尚书：主管全国盐铁税收的长官。中唐在尚书省下设置盐铁使，多由六部尚书或侍郎一级官员兼任，故称盐铁尚书。

红脍黄橙香稻饭①。饱食浓妆倚舵楼②,两朵红腮花欲绽③。盐商妇,有幸嫁盐商④。终朝美饭食⑤,终岁好衣裳。好衣美食来何处,亦须惭愧桑弘羊⑥。桑弘羊,死已久,不独汉时今亦有⑦。

【翻译】

盐商的妻子多钱帛,

既不务农种田,也不养蚕纺绩。

不论南北东西,她都不会没有家,

风水作为乡里,楼船当做住宅。

本是扬州小户人家的女儿,

嫁了个江西的大商客。

乌光的发髻上,斜插的金钗知多少,

白胖胖的手腕上,银镯显得紧窄。

---

① 脍(kuài 快):细切的鱼肉。 ② 浓妆:盛妆。舵楼:大船船尾安舵的地方有楼,可以望远。 ③ 绽(zhàn 栈):开裂,开放。 ④ 有幸:运气好。幸,幸运。 ⑤ 终朝:整天。 ⑥ 桑弘羊:西汉政治家,武帝时制定推行盐铁酒类的官营专卖,设立平准、均输机构控制全国商品,从而打击富商巨贾,增加西汉政府的财政收入。以上两句讽刺当时的盐运使,意思是说面对桑弘羊,他应该感到惭愧。 ⑦ 这两句是慨叹盐铁使一职未得其人,像桑弘羊那样的人才今天也有,可惜没有任用,不在其位。

外面使唤男仆，里头吆喝女婢，

问一问你，凭什么能够这般阔气？

丈夫当上盐商已有十五年，

州县管他不着，他直属于天子。

每年交纳盐利的时候，

小部分交官家，大部分归自己。

官利微薄，私利丰厚，

那盐铁尚书远在京城，一些儿也不知。

又何况江边上鱼米价贱，

吃的是红脍、黄橙和香喷喷的米饭。

饭后浓妆斜倚着舵楼，

艳丽的双腮像两朵红花欲绽。

盐商妇，嫁给盐商好福气，

丰美菜肴三餐饭，

绫罗绸缎四季衣。

好衣美食来自何处，

愧对桑弘羊的是那盐铁尚书。

桑弘羊，死已久，

汉代人才今天也还有。

井底引银瓶①

　　本篇为《新乐府》第四十首,原序云:"止淫奔也。"古代所谓淫奔,是指女子未经父母许可,没有举行正式婚礼而私自奔就,和男子结合。在封建社会中,淫奔往往是一种自由恋爱的大胆行动,为习俗所不容,为舆论所不许。诗人并不否定封建礼教,但对因自由恋爱而受到迫害的爱情悲剧,则又深表同情。全诗以代言体写一位少女经不住诱惑而与人私奔的不幸遭遇,通过她与男方决裂后的自我悔恨来告诫那些天真无邪的少女,切勿轻率地以身许

---

① 引:拉、扯。银瓶:古代汲水的器具。

人。诗中塑造了一位美丽、天真、多情、勇敢的少女形象。她对马上郎君的倾心,私自奔逃的决断,受到公婆歧视的痛苦,以及无家可归的悲哀,都写得真实生动。千载之下,仍如闻其怨诉之声。

井底引银瓶,银瓶欲上丝绳绝。石上磨玉簪①,玉簪欲成中央折②。瓶沉簪折知奈何,似妾今朝与君别③。忆昔在家为女时,人言举动有殊姿④。婵娟两鬓秋蝉翼⑤,宛转双蛾远山色⑥。笑随戏伴后园中⑦,此时与君未相识。妾弄青梅凭短墙⑧,君骑白马傍垂杨⑨,墙头马上遥相顾⑩,一见知君即断肠⑪。知君断肠共君语,君指

---

① 玉簪(zān 赞阴平):玉制的簪子。旧时妇女插在发髻上的首饰,以玉磨制而成。 ② 以上四句以瓶沉簪折兴起,表现夫妻不能偕老而中途断绝。 ③ 妾:古代妇女自称的谦词。 ④ 殊姿:特出的容貌。 ⑤ 婵娟:美好的样子。 ⑥ 宛转:曲折圆转。双蛾:双眉。蛾,蛾眉。以上两句形容女子的美貌,鬓发梳得稀松透明,好像蝉翼的翅膀,用青黛画出弯曲的眉毛好像远山的山色。 ⑦ 戏伴:在一起游玩的女伴。 ⑧ 弄:玩弄。青梅:尚未成熟的梅子。 ⑨ 傍:依靠。 ⑩ 顾:看、望。 ⑪ 断肠:形容相爱之深,相思之苦。

南山松柏树①。感君松柏化为心,暗合双鬟逐君去②。到君家舍五六年,君家大人频有言③。聘则为妻奔是妾④,不堪主祀奉蘋蘩⑤。终知君家不可住,其奈出门无去处⑥。岂无父母在高堂⑦,亦有亲情满故乡⑧。潜来更不通消息⑨,今日悲羞归不得。为君一日恩⑩,误妾百年身⑪。寄言痴小人家女⑫,慎勿将身轻许人⑬。

【翻译】

　　从井底下扯起银瓶,

---

　　① 这两句是说两人互通情愫,男方指着南山的松柏立誓,要像松柏常青,永不变心。 ② 合双鬟(huán 还):把原先的两个发鬟梳成一个发鬟。古代妇女未婚时梳两个鬟,成婚后梳一个鬟。这两句的意思是女方觉得男方忠实可信,私下里同他结为夫妇,一同私奔。 ③ 大人:古代对父母尊长的敬称,这里指女子的公婆。频:屡次,多次。 ④ 聘:聘娶,明媒正娶。奔:私奔。妾:偏房。 ⑤ 主祀:主持祭祀。奉:捧。蘋蘩:两种植物,古代用它作为祭品。以上两句的意思是说女子没有通过正式的结婚手续,私自和男子结合,不算正式的妻子,只能做偏房,因而没有家庭主妇的资格去主持祭祀,捧着祭品去祭祀祖先。 ⑥ 其奈:无奈,没办法。无去处:指与男子私奔,不能回家。 ⑦ 高堂:住宅中的正屋。 ⑧ 亲情:亲戚朋友。 ⑨ 潜来:指偷逃出来。 ⑩ 一日恩:一时的相爱之情。 ⑪ 误:耽误,妨害。百年身:一辈子的意思。 ⑫ 寄言:传话。痴小:年龄幼小,不明世事。 ⑬ 慎:当心,注意。许:许配。

银瓶将要上来，那丝绳断绝；

在石头上磨制玉簪，

玉簪快要磨成，却中间裂折。

瓶沉了，簪断了，我知道无可奈何，

这情形就像我今天与你分别。

回想当年在家做女儿，

人们都夸赞我有特殊的丰姿。

秀美的两鬓像秋蝉的薄翅；

弯弯的双眉像远山的山色。

整日里陪同女伴在后花园玩耍，

这时候我同你并不曾相识。

我玩弄青梅，斜倚着短墙；

你骑着白马，背靠着垂杨。

墙头、马上，你我遥遥相望，

一见到你，就知你为我断肠。

知道你深深爱我，才同你私语，

你立下誓言，手指着南山的松柏树。

我深感到你将松柏的忠贞化为己心，

暗地里束起双鬟，跟随你同去。

在你的家里生活了五六年，

你家中的长辈对我常有闲言：

聘娶的方是正妻，私奔的作妾，

不可以主持祭祀，敬奉蘋蘩。

我终于明白，在你家不能再住，

无奈离开了你家却没有去处。

难道娘家没有父母在？

也有亲戚朋友遍布故土。

只是我私奔后再也不通消息，

今日里又悲伤，又羞愧，回家不得。

为了你一时的恩爱，

害得我受苦终生。

传话给人世间痴憨的少女，

千万不要轻率地将自己付托他人。

重　赋

　　元和五年(810)前后,白居易写了组诗《秦中吟》。"秦中"是指唐代首都一带地方。诗前小序云:"贞元、元和间予在长安,闻见之间有足悲者,因直歌其事,命为《秦中吟》。"这一组诗是诗人写得较早而影响较大的讽谕诗。本篇是其中的第二首。唐代自德宗以来,地方官员为了博取恩宠,在国家常赋正税之外,另有进奉,储存皇室内库,专供皇帝个人私用。诗人揭露了这一弊政,指出他们所谓"羡余"之物,实际上是来自对劳动人民的超额剥削,是变相的加重赋税。全诗以代言体写成,细致生动地描述一位农民身受其害的经历和体验。他们终年辛勤,却被剥夺得一无所有，全家挣扎于饥寒之中，而他们的劳动果实则被大量浪费，化为尘土。语悲而意愤，是一纸声泪俱下的控诉书。

厚地植桑麻①，所要济生民②。生民理布帛③，所求活一身。身外充征赋④，上以奉君亲⑤。国家定两税⑥，本意在忧人。厥初防其淫⑦，明敕内外臣⑧。税外加一物，皆以枉法论⑨。奈何岁月久⑩，贪吏得因循⑪。浚我

---

① 厚地：与"高天"相对，大地的意思。 ② 济生民：维持人民的生活。济，救助。生民，人。 ③ 理布帛：将丝麻织成布帛。理，治。 ④ 身外：身外之物，指满足自身生活需要之外的布帛。充，充当。 ⑤ 奉：奉养，供奉。君亲：偏义复词，指皇帝。 ⑥ 两税：即两税法，唐德宗时宰相杨炎所定。其法将开元以前即实行的租（征谷）、庸（征役）、调（征布帛）合而为一，按人口及财产定等级，统收钱帛，分夏、秋两季征收，自德宗建中元年（780）起实行。 ⑦ 厥（jué 决）初：其初，开始的时候。厥，其。防其淫：防止滥增税目，征收数超过法定税额。淫，过度。 ⑧ 明敕（chì 赤）：明令宣布。敕，皇帝的诏令。内外臣：朝廷的官称为内臣，地方官称为外臣。 ⑨ 枉法：违法，指违反两税法。论：论罪，定罪。 ⑩ 奈何：无奈。⑪ 因循：沿袭，照旧不变的意思。以上两句的意思是说立法之初虽有严令禁止加税，无奈年深月久，贪官污吏得以沿袭旧习，不断加税。

以求宠①,敛索无冬春②。织绢未成匹,缲丝未盈斤③。里胥迫我纳,不许暂逡巡④。岁暮天地闭⑤,阴风生破村⑥。夜深烟火尽,霰雪白纷纷⑦。幼者形不蔽,老者体无温。悲喘与寒气⑧,并入鼻中辛。昨日输残税⑨,因窥官库门。缯帛如山积,丝絮似云屯⑩。号为"羡余物"⑪,随月献至尊⑫。夺我身上暖,买尔眼前恩。进入琼林库⑬,岁久化为尘。

① 浚(jùn 俊):煎熬,压榨。求宠:博取上级的欢心。
② 敛索:搜括。无冬春:不分冬春。以上两句的意思是说全年不断地收税,不限于两税法所规定的夏秋两季。 ③ 缲(sāo 搔)丝:抽茧出丝。 ④ 逡(qūn 群阴平)巡:迟疑,延缓。 ⑤ 天地闭:古人认为冬天是天地闭塞的时候。《礼记·月令》云:"天气上腾,地气下降,天地不通,闭塞而成冬。" ⑥ 阴风:冷风。 ⑦ 霰(xiàn 现):雪珠。 ⑧ 悲喘:悲伤地喘息。 ⑨ 残税:余税,尚未交清的税。 ⑩ 絮:不能织帛的丝,可用以絮衣,俗称丝绵。屯:屯聚,屯积。 ⑪ 羡余物:盈余的财物。这里指超额征收的赋税。唐代地方高级官员在上交国家规定的赋税以外,以"用度羡余",即地方财政开支有余的名义,向皇帝进贡财物,供皇帝个人私用。羡余,同义复词,"羡"也是剩余的意思。 ⑫ 随月:按月、每月。至尊:指皇帝。 ⑬ 琼林库:泛指皇帝积贮私财的内库。唐玄宗曾设立"琼林"、"大盈"两库,收贮地方官员的贡物。唐德宗的内库也曾沿旧名。以上两句的意思是说内库积贮了大量布帛,因长期不用而霉烂,成为废品。

【翻译】

在大地上广种桑麻，

为的是接济生民。

生民把丝麻织成布帛，

求的是养活自身。

养身有余再充作赋税，

对上用来供奉君亲。

国家制定了两税法，

本来的用意在于爱惜人民。

开初就防止征收过度，

诏令里明白地宣示内外诸臣：

谁要在正税外加收一物，

都作为违犯两税法定论。

却无奈经过漫长的岁月，

贪吏们得以苟且因循。

剥削我来求取上司的欢心，

整年搜刮也不分冬和春。

织绢还没有成匹，

缫丝尚未满一斤，

里胥就来逼迫我交纳，

不准有片刻的迟疑。

年终时天地闭塞，

冷风吹着残破的乡村。

深夜里烟消火尽，

屋外一片白，雪珠儿纷纷。

小孩子无衣遮身，

老年人体内没有暖温。

满腹的悲情加上寒气，

合并成鼻中的酸辛。

前些时去交纳未完的税款，

顺便望一望官库的大门。

缯帛山一般地堆积，

丝絮云也似地聚屯。

美其名为盈余的财物，

按月去献给至尊。

啊！夺走我身上的温暖，

买你们眼前的恩幸。

这许多丝帛送进了琼林库，

年深日久，都化作灰尘。

伤　宅

　　本篇为《秦中吟》第三首。唐代自天宝年间
始,达官贵人已务奢靡,但住宅的营建,仍受制
度的限制,不敢逾分。中唐时则驱使工役,大兴
土木,亭馆第舍,穷极豪奢,而且相互之间以此
竞胜。诗中对这一上层社会的不良风尚愤慨地
进行批判,揭发他们只求一己享受而不恤人民
饥寒的罪恶,揭穿他们子孙常保、富贵千年的痴
心妄想。诗人指出:当年马燧的豪华宅第,如今
已是废弃的奉诚园,荣华瞬息,转眼成空。这对
那些窃居高位、聚敛财富的权豪势要之家,确是
当头捧喝。全诗前半描绘宅第,简约明快,后半
转入批判,直率尖锐。最后六句的责问一气直

下,极有力量。

谁家起甲第①,朱门大道边②。丰屋中栉比③,高墙外回环。累累六七堂④,栋宇相连延⑤。一堂费百万,郁郁起青烟⑥。洞房温且清⑦,寒暑不能干⑧。高堂虚且迥⑨,坐卧见南山⑩。绕廊紫藤架⑪,夹砌红药栏⑫。攀枝折樱桃,带花移牡丹。主人此中坐,十载为大官。厨有臭败肉,库有贯朽钱⑬。谁能将我语⑭,问尔骨肉间⑮:

---

① 甲第:封侯者的住宅,这里指显贵者的住宅。 ② 朱门:漆成红色的大门。 ③ 丰屋:高大的房屋。栉(zhì 志)比:梳齿一样地排列。栉,梳篦的总称。 ④ 累累:一个接一个的样子。堂:堂屋,正屋。 ⑤ 栋:房屋的正梁。宇:房屋的四面垂复部分。 ⑥ 郁郁:繁盛的样子,这里形容一种气象。起青烟:凌云、凌烟的意思。形容房屋高大的样子。 ⑦ 洞房:深邃的内室。温且清:冬天温暖,夏天清凉。 ⑧ 干:干扰、干犯。⑨ 虚且迥(jiǒng 窘):空旷而且深远,宽敞高爽的意思。⑩ 南山:终南山,因为山在长安南面,所以在宽敞朝南的房子中坐卧可见。 ⑪ 廊:走廊,长廊。紫藤:即藤萝,观赏植物,春季开花。 ⑫ 砌:台阶。红药:即芍药花,初夏开花,有红、白等色。 ⑬ 贯朽钱:古代以中有方孔的圆形的小铜钱作为货币,"贯"是将钱串连在一起的绳子,俗称钱串。钱积得很多,长期不用,以致绳子霉烂,故称贯朽钱。 ⑭ 将:持送,传达的意思。 ⑮ 骨肉:比喻至亲。这里指屋主的一家。

岂无穷贱者,忍不救饥寒。如何奉一身①,直欲保千年②!不见马家宅,今作奉诚园③。

【翻译】

哪一家盖起了豪华的宅第?

红漆的大门开在大道旁边。

高大的房屋梳齿般排列,

高高的围墙在外面曲折回环。

六七处堂屋一座挨着一座,

梁栋和屋檐相互联接伸延。

造一座这样的堂屋费钱要上百万,

那郁郁勃勃的气象上凌云烟。

幽深的内室冬暖夏凉,

即使严寒酷暑也不能侵犯。

高大的堂屋宽敞亮爽,

---

① 奉:奉养,供养。 ② 直:就。 ③ 奉诚园:唐德宗时名将马燧封北平郡王,他的花园住宅以豪奢著名。马燧死后,其子马畅曾将家中杏树所生大杏送给太监窦文场。文场又将大杏献给德宗。德宗认为马畅不以大杏献己,意存轻慢,派人把马家杏树封起来。马畅恐惧,就将住宅献给德宗。德宗改为奉诚园,废置不用(事见《桂苑丛谈》)。奉诚,奉献忠诚。

坐着、躺着，都可望到南山。

环绕走廊的是紫藤的藤架，

台阶两旁有红芍药的花栏。

攀下树枝来采摘樱桃，

带着花去移栽牡丹。

主人在这所华屋中安坐，

一连十几年都做着大官。

厨房里有吃不完而腐败发臭的肉，

库房里有用不尽而绳串朽坏的钱。

啊！哪一个能传达我的意见，

问一个问题，在你们一家人中间：

难道社会上没有贫穷卑贱的人？

怎么能忍心不去救济饥寒。

为什么只图供养自己，

就想保得住富贵千年？

你可曾见到昔日马家的住宅，

如今已成为废弃的奉诚园！

轻　　肥①

　　此诗为《秦中吟》的第七首,揭露了宦官的骄纵气焰和奢华生活。中唐以来,宦官的势力甚嚣尘上,不少宦官窃据了文武要职,甚至连皇帝的废立,都多半出于其手。作者通过他们赴军中宴会的描写,表达了对这股势力的深恶痛绝。诗中是从"骄"和"奢"两个方面进行揭露的,先写宦官的意气之骄,骄至神气盖路,尘光遮天;后写其宴席之奢,山珍海味,无所不有;接着又再写其骄横之气,他们吃饱喝足了,

------

　　① 轻肥:一作《江南旱》。"轻肥"语出自《论语·雍也》:"乘肥马,衣轻裘。"这里用略词代指达官贵人的奢华生活。

坦然自若,神气十足。诗的结尾奇峰突起,有一落千丈之势,用对比的手法,取得了强烈的艺术效果:一方面是达官显宦们花天酒地,尽情挥霍;一方面却是江南百姓饿得"人吃人"。这乐与悲的强烈反差,加重了对统治者的鞭挞。

意气骄满路①,鞍马光照尘②。借问何为者? 人称是内臣③。朱绂皆大夫,紫绶或将军④。夸赴军中宴⑤,走马去如云⑥。罇罍溢九酝⑦,水陆罗八珍⑧。果擘洞庭

---

① 意气:意态神气。骄满路:指宦官们骄横的意态神气充溢在外,好像要塞满道路。 ② 鞍马:这里实指马匹及马鞍上华贵的金银饰物。 ③ 内臣:本指皇帝左右的臣僚,这里指宦官。 ④ 朱绂(fú 符)、紫绶(shòu 受):绂、绶均为古代系官印的丝带,这里泛指高级官僚的服饰,即朱衣、紫袍。唐代以官服的不同颜色来区分品级的高低。这句说明宦官得势,身居文武要职。 ⑤ 军:指左右神策军,皇帝的禁军之一。中唐时期,神策军势盛,其首领往往由宦官充任,并控制朝廷的军政大权。 ⑥ 如云:形容赴宴宦官数量极多。 ⑦ 罇罍(léi 雷):均为古代盛酒器。九酝(yùn 韵):古代美酒名。 ⑧ 八珍:八种珍奇食品,这里泛指美食。

橘①,脍切天池鳞②。食饱心自若③,酒酣气益振④。是岁江南旱,衢州人食人⑤!

【翻译】

> 骄纵飞扬的意气充溢着道路,
>
> 鞍马的光亮映照着埃尘。
>
> 请问他们是何许人物?
>
> 人说这是宦官内臣。
>
> 身着朱衣的都是大夫,
>
> 穿着紫袍的皆为将军。
>
> 夸耀着身份去军中赴宴,
>
> 成群结伙走马如云。
>
> 酒杯里溢出了美酒佳酿,
>
> 筵席上摆满了海味山珍。
>
> 掰开名贵的洞庭蜜桔,
>
> 细切的鱼脍味美细嫩。
>
> 饭饱了心中自安自得,

---

① 洞庭橘:太湖洞庭山所产蜜橘,这里泛指珍果。
② 脍(kuài 块):切细的肉或鱼,这里指用细切的鱼肉做成的菜肴。天池:帝王苑囿中的池塘。一说指大海。鳞:指鱼类。 ③ 自若:坦然自得。 ④ 气益振:意气更加飞扬亢奋。
⑤ 衢州:唐代州名,治所在今浙江衢州。

酒足了更加意满气盛。

这一年江南旱情严重，

衢州的饥民人相吃人。

歌　舞

　　本篇为《秦中吟》第九首，反映了当时司法
部门高级官员追逐游乐的生活。诗中写他们在
冬日大雪时聚宴轰饮，虽着笔不多，却将那种奢
侈淫佚、放浪荒嬉的情态生动地表现出来。与
此同时，在他们管辖下的阌乡县牢狱中却禁闭
着许多因欠了官钱而被拘捕的百姓，正在寒风
大雪中冻饿而死。天堂地狱同在人间，令人触
目惊心。诗人愤慨地控诉了他们迫害无辜、草
菅人命的罪行，揭露了朝政的黑暗，但不作直接
的议论和正面的说明，而是通过鲜明的对比，以
画龙点睛的笔法在结句中点出，更具说服力与
感染力。

· 秦中岁云暮①，大雪满皇州②。雪中退朝者③，朱紫尽公侯④。贵有风雪兴⑤，富无饥寒忧。所营唯第宅⑥，所务在追游⑦。朱门车马客⑧，红烛歌舞楼。欢酣促密坐⑨，醉暖脱重裘⑩。秋官为主人⑪，廷尉居上头⑫，日中为乐饮⑬，夜半不能休⑭。岂知阌乡狱⑮，中有冻死囚⑯。

---

① 岁云暮：年终。云，语气助词。暮，晚。　② 皇州：皇帝所在的京城，指长安。　③ 退朝：臣子朝见君主后退出。　④ 朱紫：唐代官员服制，三品以上紫色，五品以上红色。因以朱紫指代品位高的官员。　⑤ 兴：兴致，这里指赏雪。　⑥ 营：营求。第宅：府第住宅。　⑦ 务：从事。追游：成群结伙，追逐游乐。　⑧ 朱门：古代王侯贵族的住宅，因其大门漆成红色以示尊贵，故称朱门。　⑨ 欢酣：欢乐酣畅。促：迫近，距离短。密坐：近坐。　⑩ 重裘：厚实的皮衣。以上两句对文互义，写酒宴中的情景，大家开怀畅饮，失去矜持庄重，紧密地坐在一起，身上发热，脱去皮衣。　⑪ 秋官：《周礼》六官中有秋官，掌管刑狱，这里用来指当时的刑部尚书。　⑫ 廷尉：秦、汉时掌管刑狱审判的官，这里指当时的大理寺卿。居上头：坐在首位。　⑬ 日中：中午。乐饮：张乐饮酒。古代贵族官僚饮宴，有乐伎演奏侑酒。　⑭ 休：休止，停止。　⑮ 阌（wén 文）乡：唐县名，在今河南西部，1954 年并入灵宝县。　⑯ 以上两句记一时之实。白居易有《奏阌乡县禁囚状》，其中说："县狱中有囚十数人，并积年禁系，其妻儿皆乞于道路，以供狱粮。其中有身禁多年、妻已改嫁者；身死狱中，取其男收禁者。云是度支转运下囚禁在县狱，欠负官物，无可填赔，一禁其身，虽死不放。"这种因欠负官钱而长期囚禁的情况不仅阌乡一县，诸州县"更有如此者"。

【翻译】

　　秦中一年时光已将终尽，

　　一场大雪落满了皇州。

　　大雪中退朝回家的官员，

　　都是身穿朱紫官服的公侯。

　　权贵们有赏雪的兴致，

　　富豪们没有饥寒的忧愁。

　　需要经营的唯有豪华的第宅，

　　每天忙碌的只是在追逐嬉游。

　　朱门前车马纷纷，来了许多贵客，

　　又唱歌，又跳舞，红烛照耀着高楼。

　　他们喝得痛快，忘形地紧坐在一起，

　　他们醉得发热，脱去身上的皮裘。

　　刑部尚书是宴会的主人，

　　大理寺卿是主客，坐在上头。

　　从中午起摆开筵席张乐饮酒，

　　一直闹到半夜，还不能罢休。

　　啊！他们哪知道阌乡的牢狱，

　　里面有冻死的冤囚。

买　花

　　本篇为《秦中吟》第十首,通过当时社会上
层赏玩牡丹花的习俗,反映了官僚贵族豪华奢
侈的生活。唐初从山西一带将牡丹花移植长
安,以后就形成了春日赏玩牡丹的时髦风尚。
最名贵的品种,每本价值高达数万钱。诗中描
绘出路上车马喧阗、人人竞相购买的图景,他们
爱之若狂,着意栽培,精心保护。同时诗人以一
位农夫对这一社会现象的认识与慨叹,深刻地
揭露掩藏其后的本质:富贵人家挥金如土,正是
建立在平民百姓啼饥号寒的基础上的。诗的艺
术构思富于创造性,结句一针见血,劲直沉痛。

帝城春欲暮①,喧喧车马度②。共道牡丹时,相随买花去。贵贱无常价③,酬值看花数④。灼灼百朵红⑤,笺笺五束素⑥。上张幄幕庇⑦,旁织笆篱护⑧。水洒复泥封,移来色如故⑨。家家习为俗⑩,人人迷不悟⑪。有一田舍翁⑫,偶来买花处。低头独长叹,此叹无人喻⑬。一丛深色花⑭,十户中人赋⑮。

【翻译】

长安城的春天已经快要结束,

① 帝城:皇帝居住的城市,指长安。春欲暮:春天即将逝去。暮,晚。牡丹在春末夏初开花,这句指明季节。 ② 喧喧:喧闹嘈杂的声音。度:过。 ③ 无常价:没有一定的价钱。 ④ 酬值:指买花付钱。看花数:看花朵的数目。 ⑤ 灼(zhuó浊)灼:色彩鲜艳的样子。 ⑥ 笺(jiān兼)笺:细小、微少。五束:状五本。本,计量花木的单位。素:白色。唐人不重白牡丹。白居易《白牡丹诗》云:"城中看花客,旦暮走营营。素华人不顾,亦占牡丹名。"故白牡丹虽多,而出售者少。 ⑦ 幄幕:篷帐帘幕。庇:遮蔽。 ⑧ 织:编。 ⑨ 移来:从市上买来移栽。如故:如旧,像原先一样。 ⑩ 习为俗:长期习惯而成为风俗。 ⑪ 迷不悟:迷恋于赏花,不知道这是奢侈浪费的事情。 ⑫ 田舍翁:农夫。 ⑬ 喻:知道,了解。 ⑭ 深色花:指红牡丹。 ⑮ 中人:即中户,中等人家。唐代按户口征收赋税,分为上、中、下三等。以上两句的意思是说一丛红牡丹的价钱相当于十家中等农户缴纳的赋税。

一路上闹哄哄车马竞度。

都说是牡丹花开放的时节，

相互跟随着一齐买花去。

花的价钱高低没有一定，

该付多少钱要看花的朵数。

上百朵的红牡丹多么鲜艳，

微少的五本白牡丹更觉雅素。

上面张开帐篷来遮蔽阳光，

旁边编织篱笆加以庇护。

既洒上水又封上泥土，

虽则是移栽，颜色仍然如故。

家家买花，已经相习成俗。

人人赏花，都是执迷不悟。

有一位农村的庄稼汉，

偶然来到了买花之处。

他低下头来独自长声叹息，

这一慨叹没有人晓喻：

买一丛红牡丹所花费的钱，

抵得上十户中等人家的税赋。

酬元九对新栽竹有怀见寄^①

本篇约作于元和五年(810),题下原注云：
"顷有赠元九诗云：'有节秋竹竿。'故元感之,因
重见寄。"元稹于本年秋在江陵作《种竹》诗(参
见本书元稹《种竹》),抒发了远谪江陵的痛苦心
情,居易以此篇酬答,进行劝慰。诗人回忆了两
人相识以来志趣投合的深厚友谊,再一次肯定
了元稹可贵的孤直性格,同时对元稹的不幸与
远离表示了真挚的同情与怀念。白居易曾写有
《养竹记》一文,认为竹有贤德而似贤人,诗中以
梧桐树与杨柳枝作对比,使竹子的品格更为鲜

---

① 元九：元稹。怀：怀念。见寄：相寄。

明突出,对于人们敦品励行、持正不阿很有启发意义。诗的风格朴素,语言平易晓畅。

　　昔我十年前①,与君始相识。曾将秋竹竿,比君孤且直②。中心一以合③,外事纷无极④。共保秋竹心⑤,风霜侵不得⑥。始嫌梧桐树⑦,秋至先改色⑧。不爱杨柳枝,春来软无力。怜君别我后,见竹长相忆⑨。长欲在眼前,故栽庭户侧⑩。分首今何处⑪,君南我在北⑫。吟我赠君诗⑬,对之心恻恻⑭。

----

　　① 十年前:指贞元十六年(800)。白居易在这年二月进士及第。《代书诗一百韵寄微之》自注:"贞元中,与微之同登科第,俱授秘书省校书郎,始相识也。"　② 孤:孤高,直:正直。　③ 中心:犹言心中,内心,这里指思想志趣。一以合:一致而投合。　④ 外事:身外之事,指社会现实。纷:纷纭,纷乱。无极:没有穷尽。　⑤ 共保:共同保持。秋竹心:指竹子的节操。竹子常青,经霜不凋,古人常用以喻指品格的坚贞。⑥ 以上四句前两句双领,后两句双承。意思是说不论在现实中遭遇如何,两人始终保持思想一致,即使受到迫害也不变心易节。　⑦ 始:仅,只。　⑧ 改色:改变颜色。指梧桐树到了秋天凋零枯萎。　⑨ 长:常,时常。忆:思忆,思念。　⑩ 故:故意,特意。以上四句是对元稹来诗的回答。参见元稹《种竹》。　⑪ 分首:分离。　⑫ 南:指元稹在江陵。北:自指长安。⑬ 诗:指本篇题下自注中所说的《赠元九》诗,集中题作《赠元稹》。　⑭ 恻恻:凄怆思念的样子。

【翻译】

回想我在十年前，

就同您开始相识。

曾经将秋竹的竹竿，

比譬您性格的孤直。

我们内心一致，十分投合。

任凭那外事纷纭，无穷无极。

彼此保持秋竹的心志，

风霜也侵害不得。

我只是厌恶梧桐树，

一到秋天，先就改变颜色；

我也不喜欢杨柳枝，

春天来了，依旧是软弱无力。

怜惜您别我以后，

见到竹子就将我思忆，

总是想把它放在眼前，

特意栽种在庭户旁侧。

如今分隔在哪两个地方？

您在南而我在北。

吟诵我赠送给您的旧诗，

心底里无限凄恻。

村 居 苦 寒①

　　元和六年(811),白居易因母亡居丧渭村。八年(813)腊月,下了罕见的大雪,天气酷寒,冻灾严重。本篇作于此时。诗人亲见村民在饥寒交迫中的悲惨情景,不仅对他们寄以深切的同情,而且由于自身不务农桑,坐致温饱,在对比中深感惭愧。诗的内容题旨与《观刈麦》、《新制布裘》等篇相似,可见诗人对于人民的苦难经常关怀在心,形诸吟咏以自我鞭策。其中提到大雪五日,竹柏冻死,都是纪实之言,亦可见一时异事。

————————

　　① 村:渭村,唐下邽(今陕西渭南东北)县内,渭河岸边。

八年十二月,五日雪纷纷①。竹柏皆冻死②,况彼无衣民。回观村闾间③,十室八九贫④。北风利如剑,布絮不蔽身⑤。唯烧蒿棘火⑥,愁坐夜待晨。乃知大寒岁,农者尤苦辛⑦。顾我当此日⑧,草堂深掩门⑨。褐裘覆绝被⑩,坐卧有余温。幸免饥冻苦,又无垅亩勤⑪。念彼深可愧⑫,自问是何人⑬。

【翻译】

元和八年腊月里,

接连五天大雪纷纷。

竹子和柏树都被冻死,

---

① 五日:大雪接连下了五天。 ② 这句形容天气极度寒冷,连经冬不凋的竹子和柏树都冻死了。 ③ 回观:这里是遍观的意思。村闾(lú驴):村落、村庄。闾,里巷的大门,因以作里巷的代称。 ④ 室:家。 ⑤ 蔽:遮盖。 ⑥ 蒿(hāo 好阴平)棘:泛指柴草。蒿,草名,有青蒿白蒿等多种。棘,荆棘,多刺的灌木。 ⑦ 农者:种田的人。苦辛:痛苦酸辛。 ⑧ 顾:可是。当:值,在。此日:指在酷寒的时候。 ⑨ 草堂:茅草盖的房子,旧时自称山野间的住所。深:隐藏。掩门:闭门。 ⑩ 褐(hè贺)裘:布面的皮袍子。绝(shī师)被:绵绸被子。 ⑪ 垅亩勤:种田的辛苦,垅亩,田亩,田间。 ⑫ 彼:指农民。深:甚。 ⑬ 是何人:是什么样的人。这句的意思是说自己无垅亩之勤,却凭什么过着优裕的生活。

又何况没有衣服的农民。

我遍观整个村庄，

十家中有八九家困贫。

北风尖利得有如利剑，

破布烂絮不能御寒遮身。

只有烧柴草烤火取暖，

每夜愁苦地坐着，盼望清晨。

我这才知道在大寒的年岁，

种田人的生活最为痛苦酸辛。

可是我在这个日子里，

安住家中，紧紧关上了门。

穿的有皮袍，盖的有棉被，

不论坐卧，身上有余温。

有幸免除了挨饿受冻的苦楚，

却又没有田间劳动的辛勤。

想起了他们就深深惭愧，

不禁自问：我究竟是什么人！

采地黄者^①

　　此诗约作于元和八年(813)前后,诗人丁母忧于下邽家居期间。这首讽谕诗的主旨是伤农夫灾年之困。诗里描写大灾之年,贫苦农民缺粮断炊,只得到野外采地黄,又用地黄向富人换取马吃剩的饲料来充饥果腹。这事实本身便令人心酸,诗人正是选取了这样一个典型事件,概括了灾年农民无以为生的惨状。这首诗语言平易,情真意切,全诗皆用赋体,平铺直叙,采地黄者的艰辛与其换马料时的苦态,都在这平平的

---

　　① 地黄:玄参科植物名,根黄色,可作中药,有滋补身体的效用。

叙述中展现出来,引起人们的同情;而贫富之间,人马之间生活条件的悬殊,更能引起人们对不合理的社会现实的思考。

麦死春不雨,禾损秋早霜。岁晏无口食①,田中采地黄。采之将何用? 持以易糇粮②。凌晨荷锄去,薄暮不盈筐。携来朱门家,卖与白面郎③:"与君啖肥马④,可使照地光。愿易马残粟⑤,救此苦饥肠。"

【翻译】

春天不下雨旱死了麦苗,

庄稼冻坏是因为过早的秋霜。

到年底便断了炊,

只好到田里去采地黄。

采来了有什么用场?

用它去换救命的口粮。

天不亮便扛锄出门,

到黄昏还未采满一筐。

———————

① 岁晏:岁晚、年底。　② 糇(hóu 喉)粮:干粮、口粮。
③ 白面郎:指富家子弟。　④ 啖(dàn 但):给……吃。　⑤ 易:换。残:剩余。

带着它来到朱门大户，
卖给那有钱的阔少儿郎：
"这地黄给您喂那肥马，
马吃了定会膘肥毛亮，
愿用它换些马吃剩的残粮，
救我一家痛苦饥饿的肚肠。"

舟中读元九诗

　　此诗作于赴江州贬所途中船上。元和十年(815)白居易因得罪权贵贬江州司马。五个月前,元稹贬通州司马,在逆境中,他更加思念与自己命运相同的挚友。此诗细致描绘了在船中灯下捧读元诗的动人情景,以及由此而引发的万端感慨、复杂思绪,表达了对朋友的深挚怀念。诗的前三句连用三个"灯"字,使感情层层加深:掌灯夜读,足见思念之切;读至灯残,说明思念之久;灭灯暗坐,表明思念之深之苦。诗的结句寓意深厚,发人深思,惊风恶浪不但暗示了政治环境的险恶,还表达了诗人的满腔激愤也犹如这滚滚波涛一样,难以平息。

把君诗卷灯前读①,诗尽灯残天未明。

眼痛灭灯犹暗坐②,逆风吹浪打船声。

【翻译】

捧着你的诗卷在灯下诵读,

诗读完灯已残天还未明,

眼酸痛吹熄灯暗中独坐,

只听得逆风掀浪拍打船声。

---

① 把:拿着。 ② 犹:还。

读李杜诗集因题卷后

此诗作于元和十年(815),作者贬江州司马自长安赴江州途中。诗中表达了作者对李白、杜甫两位伟大诗人的仰慕之情。作者读其诗,思其人,感其遇,一方面感叹他们生不逢时,仕途多艰,浮世终生;另一方面又庆幸他们生当乱世,抱负不得施展,有了丰富的人生阅历,坎坷的生活际遇,才创作出流芳千古、震动四方的不朽诗篇,说明了"诗穷而后工"、"文章憎命达"的道理。诗人必须有丰厚的社会生活,扎根于现实的土壤之中,才能写出人间需要的好诗。这种文学创作主张是进步的。此诗遇思入咏,言随意遣,夹叙夹议,文理自然。

翰林江左日①,员外剑南时②,

不得高官职③,仍逢苦乱离④。

暮年逋客恨⑤,浮世谪仙悲⑥。

吟咏流千古,声名动四夷⑦。

---

① 翰林:指李白。李白于玄宗天宝三载(744),被召入朝任翰林供奉。江左:长江下游以东地区,古人叙地理以东为左,以西为右,故江东称江左。李白早年曾漫游于今江浙一带,晚年又流寓于今江苏、安徽等地。 ② 员外:指杜甫。杜甫于代宗广德二年(764)由剑南节度使严武举荐任参谋、检校工部员外郎。剑南:唐设剑南道,管辖剑阁以南、长江以北四川地区及甘肃、云南部分地区,治所在今四川成都市。杜甫四十岁后,曾在四川客居多年。上二句言李杜穷悴沦落。③ 不得高官职:翰林供奉、检校工部员外郎皆为虚职,并无实权。 ④ 苦乱离:李白在安史之乱中,漂泊于江南,后投永王李璘幕府,永王兵败,累及李白,白被治罪流放夜郎(今贵州桐梓一带),中途遇赦,最后客死安徽当涂。杜甫在安史乱中曾历尽乱离之苦,后弃官经陕西、甘肃,流寓四川多年,晚年贫病交加,死在由长沙至岳阳的一条破船上。 ⑤ 逋(bū捕阴平)客:隐居或无官失意的人,此指杜甫。甫晚年颠沛流离,故称逋客。 ⑥ 浮世:古人认为世事飘浮无定,故称人世为浮世。谪仙:太子宾客贺知章极赞赏李白的文章,白初入长安,贺称其为谪仙人,并解金龟换酒为乐,所以李谪仙成为李白的别称。 ⑦ 四夷:古代统治者对异族邻国的蔑称,这里指四海、天下。

文场供秀句，乐府待新辞①。

天意君须会②，人间要好诗。

【翻译】

李翰林沦落江南，

杜工部流寓蜀川，

不但没得到高官厚职，

更遇上国家的苦难离乱。

行将暮年，潦倒的杜甫常抱遗憾，

世事艰难，失意的李白悲绪难遣。

不朽的诗作将流芳千年，

声名威望震撼着四海人间。

文坛上献出你们的名章秀句，

乐府里等待着你们的新篇。

上天的意愿应好好领会，

人间需要优秀的诗篇。

---

① 乐府：主管音乐的官署，汉代始设，又为诗体的一种，李白杜甫多有所作。 ② 天意：上天的意愿。李杜虽然一生不得志，但是乱离的时代、艰难的世事使他们创作出大量优秀的诗篇，"天意"即指此。会：领会，理解。

登郢州白雪楼①

　　元和十年(815)秋,作者贬官江州司马,赴任途经郢州写下此诗。白雪楼为郢州名胜,刚遭贬斥的白居易登楼远眺,并无心领略这大好的江山,而是充满了忧思。首句的"望乡"饱含着他对京城长安的眷恋,对国事的牵挂,以及无辜遭贬的悲愤之情。据《舆地纪胜》载:"正面绝壁,下临汉江,白雪楼冠其上。"可以说"青山簇簇水茫茫"是眼前实景的真实描绘。但内含却不仅止此。这簇簇群峰,恰似诗人不平的内心,

_____

　　① 郢(yǐng 影)州:治所在今湖北钟祥。白雪楼:在今湖北钟祥西。

滔滔江水犹如他茫茫的思绪。诗末笔锋突转，由景及人，由山水及国事，进一步表达了作者对国家安危的关切之情。这首登临诗借景抒情，情深意远，抒发了一位爱国官吏虽身遭迫害却仍为国事担忧的高尚情怀。

白雪楼中一望乡①，青山簇簇水茫茫②。
朝来渡口逢京使③，道说烟尘近洛阳④。

【翻译】

站在白雪楼上遥望故乡，
只见青山耸立，汉水茫茫。
清晨在渡口遇见长安的使者，
他说叛军的战火已逼近洛阳。

---

① 望乡：白居易先世山西太原，至曾祖迁居下邽（今陕西渭南），离长安很近。这里望乡，实际是说望都城长安。
② 簇（cù促）簇：丛聚，这里形容山峰林立。 ③ 京使：从京城长安来的使者。 ④ 烟尘近洛阳：此句有作者自注："时淮西寇未平。"指的是宪宗元和十年，军阀吴元济举兵叛唐，曾迫近洛阳郊区。烟尘，战火。洛阳，唐代以洛阳为东都。

放言五首①并序(选一)

　　白居易于元和十年(815)在贬江州途中的船上,仿效老友元稹的《放言五首》,创作了七律组诗《放言五首》。在这五首诗中,诗人痛快淋漓地发泄了自己对无辜遭贬的激愤和不平,以及对黑暗政治的不满情绪。此诗为第三首,诗中阐发了一个道理:对一个人的真伪、忠奸的认识,必须要经过长时期的考察,而不能简单地只看一时一事,否则就会得出错误的结论。这显然是对自己及元稹被诬遭贬的辩争。诗人深信,黑白不会颠倒,随着时间的推移,真伪一定

----

　① 放言:不受拘束的、放纵的言论。

能够明辨。这首诗通篇议论，说理透彻，论辩有力。诗中说理正反结合，起伏跌宕，首联单刀直入，提出问题；颔联巧用比喻，从正面说明，辨物尚要经得起时间的考验，何况是识人？颈联引用周公、王莽的史实，从反面论证，引导人们记取历史的教训；结尾用反问句，发人深省，引人深思。

元九在江陵时①，有《放言》长句诗五首②，韵高而体律③，意古而词新。予每咏之，甚觉有味，虽前辈深于诗者，未有此作。唯李颀有云④："济水自清河自浊，周公大圣接舆狂⑤。"斯句近之矣。予出佐

---

① 元九在江陵时：元九，元稹。元稹于元和五年(810)至元和十年(815)三月，贬江陵士曹参军。 ② 长句诗：唐人称七言诗为长句，五言诗为短句。 ③ 体律：符合律诗的格律。④ 李颀(qí 奇)：盛唐诗人，善写七言诗。 ⑤ "济水"二句：出自李颀《杂兴》诗。河：指黄河。周公：姓姬名旦，周武王之弟，成王之叔。武王死，成王年幼，周公辅政，遭其兄弟管、蔡、霍三叔的妒忌，他们散布流言，周公恐惧，为免祸避居于东。后来成王悔悟，迎周公回。三叔叛变，周公奉命东征平叛，安定东南，后又协助理政，国家大治，周公被尊为古代圣人。接舆狂：接舆，春秋时楚人，姓陆名通，字接舆，昭王时，政令无常，接舆被发佯狂不仕，世称"楚狂"。

浔阳①,未届所任②,舟中多暇,江上独吟,因缀五
篇③,以续其意耳。

赠君一法决狐疑④,不用钻龟与祝蓍⑤。
试玉要烧三日满⑥,辨材须待七年期⑦。
周公恐惧流言日⑧,王莽谦恭未篡时⑨。
向使当初身便死⑩,一生真伪复谁知?

【翻译】

元稹贬官江陵的时候,曾作过七言诗《放言五
首》,气韵高扬而符合格律,意义古卓而措词新颖,

---

① 出佐浔阳:指自己被贬江州司马。 ② 未届所任:还未
到达任所。届,到。 ③ 缀:写作。 ④ 决:决断。狐疑:犹豫
不决,因狐狸多疑,所以遇事犹豫不决称狐疑。 ⑤ 钻龟与祝
蓍(shī 师):古代的两种占卜的方法,钻龟是把龟壳或钻或
灼,看其裂纹判断吉凶;祝蓍是用蓍草的茎占卜定吉凶。
⑥"试玉"句:此句有作者自注:"真玉烧三日不热。"意思是真
正的玉,烧三日三夜也不会改变色泽、形态。 ⑦"辨材"句:
此句有作者自注:"豫章木,生七年而后知。"豫、章是木名,均
属樟类,要生长七年后才能分辨。此句的意思是要认清一个
人的真实面目,需经过长时间的了解和考验。 ⑧ 周公事见前
注。 ⑨ 王莽:西汉末外戚,阴谋篡政,杀汉平帝,改国号为
"新",后为东汉光武帝所灭。王莽未得位时,伪装谦恭,礼贤
下士,以骗取人们的信任。 ⑩ 向使:假如。

我每次读这些诗，总觉得很有情味，连那些精于诗的前辈诗人，也没有写出过这样的诗。只有李颀写的说："济水自清河自浊，周公大圣接舆狂。"这样的诗句才近似。我贬官浔阳还未到任，在途中船上闲暇的时间很多，常在江上独吟，因而也写了五首，来继续阐发元稹的诗意。

送你一个妙计来判断疑难，
不需用钻龟或祝蓍进行卜占。
火烧三日才知道玉石的真假，
识别豫、章须等待七年。
周公因惧怕流言离京避祸，
王莽伪装谦恭是在篡位之前。
假如当初他们便已身死，
一生的真假还有谁能识辨？

编集拙诗成一十五卷因题卷末戏赠元九李二十①

此诗作于元和十年(815)贬江州司马时。诗人自编诗集成后,题此诗于卷末。这短短的八句诗,内涵十分丰富。首联是作者对自己不同内容风格的诗作的评价,感伤类的《长恨歌》"有风情",讽谕诗《秦中吟》"近正声",评价中肯、精到,也说明作者对这两类诗作同样欣赏

---

① 编集拙诗成一十五卷:白居易贬官江州后,开始整理自己的诗作,编成了十五卷的集子,约八百首,分为讽谕、闲适、感伤、杂律四类,并题了这首诗。以后所作诗文又继续编定成集。拙诗,自谦之词。李二十:诗人李绅,字公垂,排行二十,称李二十,与元稹、白居易交游密切,作有《乐府新题》二十首,已失传。

和重视。颔联坐实了诗题中的"戏"字,用戏
谑、幽默的语言,表达了对老友元稹、李绅不分
彼此的深厚友情,请他们和自己一起来分享诗
集编成的愉悦。颈联是由编集而引发出的对
人生的慨叹,富贵看来已经与己无缘,但是文
章必能留下身后声名,语言虽颇自负,实亦自
伤,这是作者经历了政治上的挫折之后,所得
出的人生体验。结尾句则充分表现了诗人创
作的甘苦与自信,以及诗集编定的轻松和喜
悦。全诗结构谨严,把丰富的内容,用"编集"
这条线贯穿在一起,成为统一的整体。诗中所
写的是严肃的内容,却题以"戏赠",出语诙谐、
幽默、真率,使人在轻松当中,体味作者的思想
感情,倍觉亲切。

一篇长恨有风情①,十首秦吟近正声②。

---

① 长恨:指《长恨歌》。风:风采,风度、文采。情:感情。
② 秦吟:指十首《秦中吟》。正声:因《秦中吟》的内容都是劝
谏皇帝改革弊政的,因而称为正声。正,正确,规范。

每被老元偷格律①,苦教短李伏歌行②。

世间富贵应无分③,身后文章合有名④。

莫怪气粗言语大,新排十五卷诗成⑤。

【翻译】

一篇《长恨歌》多么有文采风情!

十首《秦中吟》则是匡时济世的正声。

常常被元稹学去了我诗中的格律,

李绅也不得不佩服我的歌行。

世间的富贵我大概没有缘分,

身后文章才会留下我的声名。

别笑我气粗,满口大话,

新编的十五卷诗集已经完成。

---

① 老元:指元稹。偷格律:此句有作者自注:"元九向江陵日,尝以拙诗一轴赠行,自后,格变。"偷,朋友间的戏词,实际是学习、效仿的意思。格律,作诗在字数、句数、平仄、押韵等方面的格式。"偷格律"是说元稹读了白居易的诗,在诗的格调、措词方面都有了改变。 ②"苦教"句:此句有作者自注:"李二十常自负歌行,近见予乐府五十首,默然心伏。"短李:李绅,因为体形短小,时称"短李"。伏歌行:伏,通"服",佩服。歌行,古诗的一种体裁。 ③ 应:大概。分:缘分。④ 合:应该。 ⑤ 排:编排。

放　鱼

　　这首诗作于元和十一年(816)春季,取材于
一件日常的琐事。诗中描写了自己不忍心让两
条刚买来的活鱼死去,而将它们放归江湖的详
细过程和其间自己的内心活动,表现了作者对
危难者的同情怜悯之心。应该说,这种同情心
和他在讽谕诗中所表现的对人民疾苦的关切和
推己及人的自责精神是有联系的。作者在遭遇
了政治上的打击之后,由于地位、环境的改变,
对弱者的同情之心更为强烈,对两条鱼的恻隐
之心就是这种心境的表露。作者这种精神的可
贵之处,还表现在这完全是毫无功利目的的自
发行为,作者鄙视"施恩望报"的利己思想,对鱼

的救护完全是出于一种质朴的同情。这首诗语言通俗生动，感情率真，描写鱼儿离水、嘴巴张合、扑跳挣扎的情态活动逼真传神；描绘放鱼的心理过程真实细腻，毫不造作矫饰。作者的心灵内蕴，也因此昭然可见。

晓日提竹篮①，家僮买春蔬②。青青芹蕨下③，叠卧双白鱼。无声但呀呀④，以气相煦濡⑤。倾篮写地上⑥，拨剌长尺余⑦。岂唯刀机忧，坐见蝼蚁图⑧。脱泉虽已久，得水犹可苏⑨。放之小池中，且用救干枯。水小池窄

---

① 晓日：早晨。 ② 家僮：未成年的仆人。 ③ 芹蕨（jué决）：蔬菜。芹，芹菜。蕨，菜名，嫩叶和茎可食。 ④ 呀呀：活鱼离水后，嘴一张一合的情态。 ⑤ 煦濡（xū rú 需如）：煦，吐出，吹气。濡，浸渍、润湿。语出《庄子·大宗师》："泉涸，鱼相与处于陆，相煦以湿，相濡以沫，不如相忘于江湖。"意思是说，泉水干了，处于陆地上的鱼互相吹气，以给对方潮湿，用唾沫来互相湿润。后人用煦濡指同处于困境而能相互爱护、支援。 ⑥ 写（xiè谢）：同"泻"，倾倒。 ⑦ 拨剌（là 辣）：象声词，鱼跳动的声音。 ⑧ "岂唯"两句：刀机，刀，菜刀。机，同"几"，小桌子，这里引申为案板。坐见，眼见、眼看着。蝼蚁，蝼蛄和蚂蚁，指微贱的动物。图，图谋。这两句的意思是：难道仅只是怕被人杀了吃掉，眼看着连蝼蚁都在打主意要吃人剩下的鱼骨。 ⑨ 苏：苏醒、复活。

狭,动尾触四隅①。一时幸苟活②,久远将何如? 怜其不得所,移放于南湖③。南湖连西江④,好去勿踟蹰⑤。施恩即望报,吾非斯人徒⑥。不须泥沙底,辛苦觅明珠⑦。

【翻译】

天刚亮便提起竹篮,

仆人买来了新鲜菜蔬。

青青的芹菜蕨菜下面,

叠卧着一对白鱼多么痛苦。

只见鱼嘴一张一合没有声响,

危难中用气泡互相救护。

提起菜篮往地上倾倒,

尺把长的白鱼拨剌拨剌扑跳。

难道它只怕屠刀案板,

---

① 四隅:水池的四周边沿。 ② 苟活:暂且活下来。苟,暂且、姑且。 ③ 南湖:我国命名为“南湖”的湖泊甚多,此指鄱阳湖,鄱阳湖分南湖、北湖,南湖为主要部分。 ④ 西江:泛指大江,这里指长江。 ⑤ 踟蹰(zhī chú 支除):徘徊、犹豫。 ⑥“施恩”两句:意思是我不是那种给了别人恩惠就希望别人报答的人。斯人徒:这种人。 ⑦“不须”两句:此句用典,据《淮南子·览冥》高诱注:隋侯见一条大蛇负伤,用药救治了它,蛇从大江中衔来一颗宝珠来报答他。此句用这个典故说明自己不是那种施恩望报的人。

眼看连那蝼蚁也有了口福。

这鱼离开了泉水虽已很久，

只要得到水它仍然能够复苏。

我把鱼儿放进小小的池塘，

暂且让它幸免死于干枯。

可这池塘狭窄水浅，

稍摆动鱼尾就把塘沿碰触。

即使一时能够幸存下来，

长久下去它又将如何？

怜惜它没有个安身之地，

我又把鱼儿放进了浩浩南湖。

南湖连接着万里长江，

快去吧，不要再犹豫踟蹰。

给人一点帮助就企望报答，

我不是这种俗子凡夫。

你不须像大蛇为报恩隋侯，

不辞辛苦在江底寻觅宝珠。

琵琶行^①并序

　　元和十年(815)六月,宰相武元衡为藩镇派
遣的刺客所杀。白居易时任左赞善大夫,事发
当天就上书宪宗,率先请求逮捕凶手,以雪国
耻。而一些官僚却认为他越位言事,大为不满,
以致他遭到谗毁,被贬为江州司马。诗人忠而
获罪,满怀抑郁,无可宣泄。次年(816),送客溢
浦,偶遇弹琵琶的长安倡女,便用为题材,写了
这首叙事长诗。诗中记述了这位倡女的一生经
历及其出色的技艺,对她年老色衰、从良非偶的

----

　　① 行:古代乐府歌词的一种体裁,常与"歌"连称为
"歌行"。

不幸遭遇深表同情,并在"同是天涯沦落人"这一感情的共鸣中,抒发了被贬谪的苦闷与悲哀。倡女的形象具有当时商业发达、城市繁荣的时代色彩,她的悲剧命运有一定的典型意义。诗人以今昔对比写出她憔悴孤独、漂泊江湖的痛苦心情,联系自身,细叙衷曲;落魄的名倡和失意的才士同声慨叹,相互慰藉,使全诗充满一种哀怨而又温馨的情调。在艺术手法上,叙事与抒情议论紧密结合,塑造出完整鲜明的人物形象。诗的语言流转匀称,优美和谐。特别是描绘琵琶的演奏,比喻贴切,化虚为实,读后如闻其声。

　　元和十年,予左迁九江郡司马①。明年秋,送客

---

　　① 元和十年:815 年。元和,唐宪宗李纯年号。左迁:即贬官、降职,古人以右为尊,以左为卑。迁,迁移,指职位变动。九江郡:隋郡名,唐天宝元年(742)改为浔阳郡,乾元元年(758)又改为江州,治所在今江西九江。诗中所说"浔阳城"、"江州",均指九江。司马:官名,州刺史的副职,掌管军事。但唐代的司马已成为闲职,多用以安排贬谪的京官。

溢浦口①,闻舟中夜弹琵琶者,听其音,铮铮然有京都声②。问其人,本长安倡女③。尝学琵琶于穆、曹二善才④,年长色衰,委身为贾人妇⑤。遂命酒使快弹数曲⑥。曲罢⑦,悯默⑧。自叙少小时欢乐事⑨,今漂沦憔悴,转徙于江湖间⑩。予出官二年,恬然自安⑪;感斯人言,是夕始觉有迁谪意⑫。因为长句⑬,歌以赠之。凡六百一十二言,命曰《琵琶行》⑭。

① 溢(pén 盆)浦口:即溢口,溢水入江的地方。溢浦,水名,发源于江西瑞昌,东流至九江西,北注入江。 ② 铮铮:形容琵琶声音的铿锵清脆。京都声:京城流行的声调,指长安琵琶名手演奏的风味,犹言"京派"。 ③ 倡女:即乐妓。 ④ 穆、曹二善才:当时著名的两位演奏琵琶的艺人。善才,唐人对技艺高明的乐师的通称。犹言"名手"。 ⑤ 委身:托身,出嫁。贾(gǔ 古)人:商人。 ⑥ 命酒:吩咐仆人摆下酒席。快弹:称心恣意地弹奏。快,痛快。 ⑦ 曲罢:弹奏完毕。⑧ 悯默:忧伤不语。 ⑨ 叙:叙说。少小:年轻时。 ⑩ 漂沦:漂泊沦落,飘零失意的意思。憔悴(qiáo cuì 樵翠):容颜消瘦。转徙:辗转迁移。 ⑪ 出官:离开京城去做地方官。恬(tián 田)然:平静悠闲的样子。 ⑫ 迁谪意:被贬逐的感受。⑬ 长句:指七言歌行。 ⑭ 凡:总共。六百一十二:实为"六百一十六","二"是传写之误。言:字。命:取名。

浔阳江头夜送客①,枫叶荻花秋瑟瑟②。主人下马客在船③,举酒欲饮无管弦④。醉不成欢惨将别⑤,别时茫茫江浸月。忽闻水上琵琶声,主人忘归客不发⑥。寻声暗问弹者谁⑦,琵琶声停欲语迟⑧。移船相近邀相见,添酒回灯重开宴⑨。千呼万唤始出来,犹抱琵琶半遮面。转轴拨弦三两声⑩,未成曲调先有情⑪。弦弦掩抑声声思⑫,似诉平生不得意。低眉信手续续弹⑬,说尽心中无限事。轻拢慢捻抹复挑⑭,初为《霓裳》后《六么》⑮。大

① 浔阳江头:浔阳江边。浔阳江,长江流经九江北面的一段。 ② 荻(dí 敌):芦苇一类的植物。瑟瑟:风吹草木声。 ③ 主人:白居易自指。 ④ 举酒:端起酒杯。管弦:亦称丝竹,这里是奏乐的代称。管,箫笛一类的管乐器。弦,琴瑟琵琶一类的弦乐器。 ⑤ 惨:黯淡,形容情绪的消沉低落。 ⑥ 发:出发,这里指开船。 ⑦ 暗问:低声问。 ⑧ 迟:迟疑不决。 ⑨ 回灯:为油灯添油拨芯,使灯光复亮。 ⑩ 转轴拨弦:拧转弦轴,拨动丝弦,指演奏前的调弦定音。 ⑪ 先有情:意思是说尚未正式演奏曲调,只是定弦试弹数声,已使听众感到它富有情韵。 ⑫ 掩抑:指弹奏时运用掩按遏抑的指法。声声思:每一声低沉忧郁,有深长的情思。 ⑬ 低眉:眼往下看,形容演奏时精神专注。信手:随手。续续:继续不断。 ⑭ 拢、捻、抹、挑:弹琵琶时所用的手法。拢、捻是用左手扣弦、揉弦的指法。抹、挑是用右手顺手下拨和反手回拨的指法。 ⑮ 霓裳:《霓裳羽衣曲》。六么(yāo 夭):亦称录要、绿腰,当时京城流行的曲调。

弦嘈嘈如急雨①，小弦切切如私语②。嘈嘈切切错杂弹③，大珠小珠落玉盘。间关莺语花底滑④，幽咽泉流冰下难⑤。冰泉冷涩弦凝绝⑥，凝绝不通声暂歇。别有幽愁暗恨生⑦，此时无声胜有声。银瓶乍破水浆迸⑧，铁骑突出刀枪鸣⑨。曲终收拨当心划⑩，四弦一声如裂帛⑪。东船西舫悄无言⑫，唯见江心秋月白。

沉吟放拨插弦中⑬，整顿衣裳起敛容⑭。自言本是

---

① 大弦：琵琶有四根弦，粗细不同。大弦指粗弦，亦称老弦。嘈嘈：形容大弦的声音沉厚宏大。 ② 小弦：指细弦，亦称子弦。切切：形容小弦的声音细促轻幽。私语：低声谈心。 ③ 错杂：交错间杂。 ④ 间关：鸟鸣声。滑：形容声音流畅利落。 ⑤ 幽咽：低声抽泣。难：艰难，形容声音艰涩阻塞。 ⑥ 凝绝：凝结滞塞。 ⑦ 别有：另有。幽愁暗恨：隐藏不露的愁恨。 ⑧ 银瓶：古代盛水的器具。乍：忽然。迸(bèng 蹦)：冲溅。 ⑨ 铁骑(jì 计)：身穿铠甲的骑兵。刀枪鸣：刀枪碰击声。这两句是描绘琵琶声停顿后，又突然发声。 ⑩ 曲终：乐曲结束。收拨：指演奏终止。拨，拨子，弹琵琶时用以拨弦的工具，形状如铲，用象牙、牛角或其他材料制成。当心划：对着弦的半腰用拨子并力一划。 ⑪ 四弦一声：琵琶的四根弦同时发声。 ⑫ 舫(fǎng 访)：船。 ⑬ 沉吟：默默不语。 ⑭ 敛容：收敛演奏时的激动情态，使神色端庄恭敬。

京城女,家在虾蟆陵下住①。十三学得琵琶成,名属教坊第一部②。曲罢曾教善才伏,妆成每被秋娘妒③。五陵年少争缠头④,一曲红绡不知数⑤。钿头云篦击节碎⑥,血色罗裙翻酒污⑦。今年欢笑复明年,秋月春风等闲度⑧。弟走从军阿姨死⑨,暮去朝来颜色故⑩。门前冷落车马稀⑪,老大嫁作商人妇。商人重利轻别离,前月浮梁买茶去⑫。去来江口守空船⑬,绕船月明江水寒。夜深

---

① 虾蟆陵:地名,在长安东南曲江附近,是当时近郊著名的游乐区。相传此处原为汉董仲舒墓地,因其门人过此必下马致敬,乃名"下马陵"。后讹称为"虾蟆陵"。 ② 教坊:唐代官办教练歌舞伎艺的机构。第一部:第一队,教坊中最优秀的歌舞演奏队。 ③ 秋娘:本为长安著名的乐伎,这里泛指有色艺的名伎。 ④ 五陵年少:富贵人家子弟。五陵,汉代五个皇帝的陵墓,即长陵、安陵、阳陵、茂陵、平陵,均在长安北郊。陵墓附近住户多为富家豪族。争:争送。缠头:古代歌舞者锦帛缠头作为妆饰。这里指乐伎演奏后人们所赠送的帛锦一类的彩礼。 ⑤ 红绡:红色的丝织品。 ⑥ 钿头云篦(bì 闭):镶嵌金玉珠宝的云形发卡,是一种华贵的头饰。钿,用金银玉石之类镶嵌的器物。击节:打拍子。 ⑦ 血色:猩红色。翻酒:泼酒。以上两句极写倡女往日生活的豪奢与浪漫,一时兴之所至,用钿头云篦打拍子,戏谑调笑时酒泼在裙上,篦断裙污,无所顾惜。 ⑧ 秋月春风:指一年中的良辰美景。等闲:随便,轻易。 ⑨ 阿姨:指倡女的养母。 ⑩ 故:旧,衰老。 ⑪ 车马:指来往的客人。 ⑫ 浮梁:县名,今江西景德镇,当时是著名的茶叶集散地。 ⑬ 去来:走了以后。来,语气词。

忽梦少年事，梦啼妆泪红阑干①。

我闻琵琶已叹息，又闻此语重唧唧②。同是天涯沦落人③，相逢何必曾相识④。我从去年辞帝京⑤，谪居卧病浔阳城。浔阳地僻无音乐⑥，终岁不闻丝竹声⑦。住近湓江地低湿，黄芦苦竹绕宅生⑧。其间旦暮闻何物⑨，杜鹃啼血猿哀鸣⑩。春江花朝秋月夜，往往取酒还独倾。岂无山歌与村笛，呕哑嘲哳难为听⑪。今夜闻君琵琶语，如听仙乐耳暂明⑫。莫辞更坐弹一曲⑬，为君翻作《琵琶行》⑭。感我此言良久立⑮，却坐促弦弦转急⑯。凄凄不似向前声⑰，满座重闻皆掩泣⑱。就中泣下谁最多，江州司马青衫湿⑲。

---

① 妆泪：梳妆后流眼泪。红：指脂粉的颜色。阑干：纵横交错，形容泪痕满面。 ② 唧唧：叹息声。 ③ 天涯：天边。这里指身在他乡。 ④ 以上两句是说彼此遭遇和感受相通，因而一见如故，无须从前曾经相识。 ⑤ 辞：离开。 ⑥ 僻（pì 辟）：偏僻，小地方。 ⑦ 终岁：整年。 ⑧ 苦竹：竹子的一种，亦称"伞柄竹"。笋味苦，不能食用。 ⑨ 旦暮：早晚。 ⑩ 杜鹃：即子规，鸣声甚悲，相传鸣久则口中流血。 ⑪ 呕哑（ōu yā 鸥鸦）：形容村笛声混乱不清。嘲哳（zhāo zhè 招这）：形容山歌吐字繁杂细碎。难为听：听不下去的意思。 ⑫ 明：清爽，清明。 ⑬ 莫辞：不要推辞。更坐：重新坐下。 ⑭ 翻作：按曲谱配制曲词。 ⑮ 良久：很久。 ⑯ 却坐：回座。促弦：将琴弦拧紧，使音调定得高一些。急：节奏急促。 ⑰ 凄凄：悲伤的情调。向前：刚才。 ⑱ 掩泣：掩面而泣。 ⑲ 青衫：青色官服。

【翻译】

　　元和十年，我被贬谪为九江郡司马。次年秋天，到浔浦口送客，听到邻舟有一女子在夜晚弹奏琵琶，细审那声音，颇有京城的风味。我询问她的来历，原来是长安的乐伎，曾经跟穆、曹这两位琵琶名家学习技艺，后来年长色衰，嫁给一位商人为妻。于是我吩咐摆酒，请她尽情地弹几支曲子。她演奏完毕，神态忧伤，叙说自己年轻时欢乐的往事，但如今漂泊沦落，憔悴不堪，在江湖间飘零流浪。我出任地方官已将两年，一向心境平和。她的话却使我有所触动，这一晚竟然有被贬逐的感受。于是写了这首七言歌行，吟唱一番来送给她。一共有六百一十二字，命题为《琵琶行》。

在一个夜晚，我到浔阳江边送客，
秋风吹动枫叶和荻花，响声瑟瑟。
主人和客人一齐下马，走上了船，
端杯想要饮酒，却没有助兴的管弦。
闷闷地喝醉了，便待凄伤地分别，
话别时只见茫茫的江水浸映着明月。
忽然听得江面上传来弹琵琶的声音，
主人忘记归去，客人也不想出发。

跟着声音轻声探问：弹琵琶的是谁？

琵琶的声音停止，要答话又有点迟疑。

开船移到她近旁，邀请她过船相见，

剔亮灯光，增添酒菜，再摆开席宴。

千遍呼，万遍唤，她才走出来。

还抱着琵琶遮住了半边脸面。

她转木轴，拨丝弦，试弹了两三声，

还没有演成曲调，就已充满了情韵。

一弦弦掩按遏抑，一声声哀怨沉思，

好像在诉说她这一辈子的不得意。

低下眉头，随手继续往下弹，

说尽了心中无限的情事。

轻轻地叩，缓缓地揉，下抹上挑，

先弹《霓裳羽衣曲》，再弹《六么》。

大弦嘈嘈的声音有如急骤的暴雨，

小弦切切的声音仿佛悄悄地私语。

嘈嘈切切错杂地交弹，

好似连串的大珠小珠落下了玉盘。

呖呖的莺声从花底悠然滑去，

幽咽的泉水在冰下流得艰难。

冰泉水又冷又涩，琵琶弦也凝滞冻绝，

弦子凝绝不通，琵琶声一时停歇。

另有一种隐含不露的愁恨暗中产生，

这时候，无声比有声更为动人。

霎时间像银瓶突然破裂，水浆飞迸，

又像那铁骑猛然杀出，刀枪齐鸣。

乐曲终了，她收起拨子往琵琶当心一划，

四根弦子同时发声，像是撕裂了绢帛。

东西两头的船只静悄悄无人开言，

只见那秋月明亮，照得江心一片白。

她默默地将拨子放下，插入弦中，

整一整衣裳站起来，面容庄重。

她说：原本是京城中的倡女，

家就在城郊虾蟆陵下居住。

十三岁已经将琵琶学成，

在教坊里，她的名字被放在第一部。

弹完一曲，那技艺曾经使善才折服，

梳妆一番，那姿容常常被秋娘嫉妒。

富贵人家的子弟争着赠送彩礼，

每演奏一次，得到的红绡不计其数。

打拍子敲碎了钿头云篦，

泼翻了的酒常把猩红的罗裙沾污。

追欢逐笑中过了一年又一年，

春风秋月啊！就这样轻易地虚度。

弟弟出外从军，养母接着病死，

春天去了秋天来，娇美的容颜不能常驻。

大门口冷落下来，来往的车马稀少，

已经上了年纪，只得嫁给商人做媳妇。

商人重利却看轻别离，

上个月又到浮梁买茶去。

丈夫走后，一个人在江口守着空船，

船边环绕着月光江水，一片清寒。

夜深时忽然梦见年轻时的往事，

哭醒时，泪水脂粉纵横流满面。

我听到琵琶的声音已经叹息，

又听到她的这番话更为悲戚。

都是流落天涯失意的人，

今日相逢，又何必曾经相识。

我自从去年离开了帝京，

贬谪到这里病卧在浔阳城。

浔阳这地方偏僻，没有音乐，

一年到头，听不到丝竹之声。

住所靠近湓江，地势低下潮湿，

黄芦苦竹绕着屋舍丛生。

在这里早晚听到些什么东西?

只听到杜鹃的悲啼和猿猴的哀鸣。

春江的花朝、秋天的月夜,

往往是取过酒来,自饮自倾。

难道当地就没有山歌和村笛?

那种咿咿哑哑的声音实在难听。

今晚听到你弹奏琵琶乐曲,

就好像听到仙乐,一时耳朵清明。

请你不要推辞,再坐下弹奏一曲,

我为你按曲谱作一首《琵琶行》。

她被我的话感动,久久站立,

重新入座调紧了弦,音高调急。

凄凄切切,不像刚才的声音,

满座的人听了,都掩面而泣。

这其中谁流的眼泪最多?

江州司马的青色官袍已经沾湿。

问 刘 十 九

　　本篇约元和十一年（816）至十三年（818）间
作于江州，是一首以诗代简、邀请友人小饮的五
言绝句。虽是眼前情，口头语，但读来诗意盎
然。一个小巧的泥炉，一壶新酿的酒，二三知己
围炉把盏，一同消磨欲雪的黄昏，这情景多么悠
闲、高雅，充分表现出士大夫的生活趣味。诗以
能否前来的问句作结，自是诗简的应有之义，但
从艺术上看，有前三句作为铺垫，这一句极富有
诱惑力，使人为之神往。而用“绿蚁”、“红泥”两
词作对，在朴素平淡中渲染生色，也别具韵味。

绿蚁新醅酒①,红泥小火炉。

晚来天欲雪,能饮一杯无②。

【翻译】

新酿的酒浮着绿色泡沫,

小小的泥炉烧着通红的火。

天快黑了,有点要下雪的样子,

到我这儿来喝一杯如何?

---

① 绿蚁:酒面上的绿色浮沫,也作为酒的代称。醅(pēi 胚):没有过滤的酒,古人饮用米酒,新酿的酒未经过滤,故有浮沫。 ② 无:疑问词,用法同"否"、"吗"。

访陶公旧宅①并序

本篇作于元和十一年(816)江州司马任所。陶渊明是晋、宋间的大诗人,生逢乱世而辞官归隐,躬耕自给,安贫乐道,历来受人钦仰。白居易亲访渊明旧居,观其遗迹,想其为人,对渊明的高洁品格,极尽赞叹之忱。诗人的倾心之处,不在渊明樽中有酒的放逸,也不在琴上无弦的超然,而在于他能遗弃荣利、甘于困穷而老死丘园,尤其是能经得起家累的考验,比饿死首阳的

---

① 陶公:陶渊明(365—427),一名潜,字元亮,世称靖节先生。其诗多描写自然景色及其在农村生活的情景,兼有平淡与爽朗之胜,语言质朴自然,有独特风格。旧宅:原先的住宅。

伯夷、叔齐更为难得。这里反映了诗人屡经宦海风波而萌生的退隐思想，以及因家累而不能遂志，以致心为形役的痛苦。因此，诗中议论抒情，处处言之有物，发自深衷，具有强烈的感染力量。至于诗人将渊明归隐的原因归之于晋亡而坚守臣节，当然是片面的看法。但全诗以洁玉灵凤起兴，着重点是赞美渊明高尚其志、不同流合污的精神，并不是宣扬"耻事二姓"的愚忠。

予凤慕陶渊明为人①，往岁渭上闲居②，尝有《效陶体诗》十六首③。今游庐山，经柴桑④，过栗里⑤，思其人，访其宅，不能默默⑥，又题此诗云。

---

①凤慕：素常钦慕。凤，旧。 ②渭上闲居：元和六年(811)，白居易母陈氏卒，古代礼俗，父母亡故要离职守孝三年，因此他全家由长安搬到下邽(今陕西渭南东北)乡间居住。渭上，因渭水流经下邽，故称渭上。闲居，独居。 ③尝：曾经。效陶体诗：仿效陶潜诗歌风格的诗。 ④柴桑：山名，在今江西九江西南。 ⑤过：访问、探望。栗(lì力)里：地名，在今江西九江，与柴桑相近。陶渊明曾迁居在这里。 ⑥默默：沉默，不说话。

垢尘不污玉①,灵凤不啄膻②。呜呼陶靖节,生彼晋宋间③。心实有所守④,口终不能言⑤。永惟孤竹子⑥,拂衣首阳山⑦。夷齐各一身,穷饿未为难。先生有五男⑧,与之同饥寒⑨。肠中食不充,身上衣不完。连征竟不起⑩,斯可谓真贤⑪。我生君之后,相去五百

① 垢(gòu够):粘在物体上的肮脏东西。污:污染。
② 灵凤:神凤。相传凤凰为神鸟,不啄生虫,以竹实为食。膻(shān山):腥臊气。 ③ 晋宋间:从东晋末年到南朝宋初年。
④ 实:确实。守:操守、执持。 ⑤ 以上四句是说陶渊明认为自己是东晋的臣子,刘裕代晋称帝后,不愿在刘宋王朝做官,所以辞官归隐。但为避免刘宋迫害,诗文中对此不能明白说出。 ⑥ 永惟:永思,长久怀念。孤竹子:商代孤竹国国君的儿子,指伯夷和叔齐。孤竹君传位给次子叔齐,死后,叔齐不受,让给伯夷。后来两人投奔到周,曾劝阻周武王起兵讨伐商纣。武王灭商后,两人隐居首阳山,不食周粟,终于饿死(见《史记·伯夷列传》)。 ⑦ 拂衣:振衣,抖擞衣服,归隐的意思。首阳山:一称雷首山,在今山西永济南。 ⑧ 五男:陶渊明有五个儿子:俨、俟、份、佚、佟。他曾自言因辞官归隐,使五个儿子自幼受冻挨饿(见《与子俨等疏》)。 ⑨ 同饥寒:在一起挨饿受冻。 ⑩ 连征:多次征聘。征,征召,征聘,由朝廷或州府召去做官。不起:不应征的意思。起,出任,举用。
⑪ 斯:此。真贤:真正的贤人。以上八句的意思是说伯夷、叔齐都是独身,而陶渊明家庭负担很重。由于他归隐,全家都过着饥寒的生活。虽然朝廷和州府多次征聘,但他决不出仕,比伯夷、叔齐更为难得。

年①。每读《五柳传》②，目想心拳拳③。昔常咏遗风④，著为十六篇⑤。今来访故宅，森若君在前⑥。不慕樽有酒⑦，不慕琴无弦⑧。慕君遗荣利⑨，老死此丘园⑩。柴桑古村落，栗里旧山川。不见篱下菊⑪，但余墟里烟⑫。子孙虽无闻⑬，族氏犹未迁⑭。每逢姓陶人，使我心依然⑮。

---

① 五百年：陶渊明生于晋哀帝兴宁三年（365）。白居易生于唐代宗大历七年（772），相去四百多年，这里说五百年，是约略之辞。　② 《五柳传》：即五柳先生传，是陶渊明一篇自传性的散文，文中描绘了自己甘于贫困、不慕荣利、忘怀得失、著文自娱的性格，非常生动。　③ 拳拳：诚恳深切的样子。④ 遗风：余风，前辈遗留下来的风尚。　⑤ 十六篇：指序文中所说的《效陶体诗》。　⑥ 森：严肃。若：好像。　⑦ 樽有酒：陶渊明爱好饮酒，有《饮酒》诗二十首。《归去来辞》一文中有"有酒盈樽"之句。　⑧ 琴无弦：陶渊明不懂音乐，但家中有一张琴，却没有琴弦。每当饮酒高兴的时候，常抚弄它寄托感受。　⑨ 遗：遗弃。　⑩ 丘园：即田园、乡村。这句的意思是说一生终老农村，不去做官。　⑪ 篱下菊：陶渊明《饮酒》诗："采菊东篱下，悠然见南山。"　⑫ 墟里烟：陶渊明《归田园居》诗："暧暧（昏暗貌）远人村，依依墟里烟。"墟里，村落。烟，炊烟。⑬ 无闻：没有声名。　⑭ 族氏：家族姓氏。迁：迁移。以上两句是说陶渊明的子孙中虽然没有出仕有声的人，但陶氏家族仍然住在这里。　⑮ 依然：依恋不舍的样子。

【翻译】

　　我一向钦慕陶渊明的处世为人，往年在渭上闲居，曾经写过十六首《效陶体诗》。如今游览庐山，途经柴桑、栗里，访问了渊明的旧宅，思念其人，不能沉默不言，于是又写下这首诗。

晶莹的白玉不易受尘垢污染，
高洁的灵凤从来不啄腥膻。
啊！敬爱的靖节先生，
生活在晋代和宋代交替之间。
他内心里确实坚持忠于晋室，
但口头上始终不曾明白宣言。
总是怀念孤竹君的两个儿子，
效法他们归隐首阳山。
那伯夷和叔齐各自单身一人，
受穷挨饿还不算怎样困难。
陶先生却有五个儿子，
同先生一起忍受饥寒。
腹内的食物不充足，
身上的衣服也不周全。
朝廷多次征召他都拒绝，
这才可以称作真正的大贤。

我出生在陶先生的后面，

至今相隔约有五百年。

每次读他的《五柳先生传》，

想望他的风貌，心意拳拳。

从前我曾咏叹他的遗风，

写了《效陶潜体》诗十六篇。

如今来访问他当年的住宅，

不禁肃然起敬，好像先生就在面前。

我不羡慕他杯中有酒，

也不欣赏他琴上无弦。

钦仰他抛弃了荣华利禄，

一直到老死隐居田园。

柴桑已成为古老的村落。

栗里仍是往日的山川。

见不到先生篱下的菊花，

只留下村落中袅袅的炊烟。

先生的子孙虽然默默无闻，

陶氏的家族还没有外迁。

每次遇到姓陶的人，

总使我对他心生依恋。

夜　雪

　　这首别具一格的咏雪诗作于元和十年
(815)至十三年贬江州时。全诗不直接状雪之
貌,而皆由诗人在室内卧榻上对雪的感受出发,
从侧面烘托。首句写感觉,次句写视觉,后两句
从听觉的角度,绘出了雪之形,雪之声,雪之大。
此诗还紧紧抓住了夜雪的特征,夜晚下雪,气温
骤寒,因而衾枕不暖;由于雪的光洁,黑暗的夜
晚也变得明亮;"劈啪"的折竹声暗示了纷纷扬
扬的夜雪越下越大。正因为如此,此诗在众多
的咏雪诗中才显得新颖别致,清新脱俗。

已讶衾枕冷①,复见窗户明。

夜深知雪重,时闻折竹声。

【翻译】

睡在棉被里还这样寒冷已使我惊讶,

又见窗户也变得明亮。

夜深了,我知道积雪深重,

时时听到竹枝折断的声响。

---

① 讶(yà 压):惊讶。衾:棉被。

截　树

　　此诗作于贬江州司马时。在这首诗中,诗人通过砍去屋前障目的高树、望见了远处的青山这一平凡小事,抒发了自己贬官后苦闷的心情,以及自我解脱后的无比欣愉。繁叶障目暗喻由于积郁不平使自己心胸变得狭窄,而一旦砍去了碍眼的高树,使"千峰来面前",好像扫除了胸中的阴霾,眼前豁然开朗,压抑的内心得到了解放。作者通过砍树见山还悟出了一个平凡而深邃的哲理:世间的万事万物都不可能两全其美,有得就必有失,正像屋前的绿树与远处的青山都是美的,但不能兼而有之。万物如此,人生亦然。贬谪使自己失去了显位,但江州的自然美景又使自己摆脱了朝廷中的争斗与忧烦，获得了精神上的自由。这是作者对无辜遭贬的一种自我宽慰，是经过了理性的思考而在思想斗争中达到的心理上的平衡。这首诗也可说是哲理诗，诗人将哲理、景物、情感巧妙地融合在一起，前面叙述砍树的过程及感受亲切自然，暗含"理趣"，最后顺理成章地点出"物莫能两全"的主旨，启迪人思，耐人玩味。

种树当前轩①，树高柯叶繁②，惜哉远山色，隐此蒙笼间③！一朝持斧斤④，手自截其端。万叶落头上，千峰来面前。忽似决云雾，豁达睹青天⑤。又如所念人，久别一款颜⑥。始有清风至，稍见飞鸟还⑦。开怀东南望，目远心辽然⑧。人各有偏好，物莫能两全：岂不爱柔条，不如见青山。

---

① 轩：门窗。 ② 柯(kē 科)：树枝。 ③ 蒙笼：模糊不清晰的样子。 ④ 斧斤：斧头。 ⑤ 豁(huò 或)达：开阔、开朗。睹：见。 ⑥ 款颜：见面问候、叙谈。 ⑦ 稍：才、方。 ⑧ 辽然：开阔的样子。

绿树种在我的窗前，

高高的树干枝叶茂繁，

可惜啊！远处的山川秀色，

都被这繁枝茂叶遮得若隐若现。

有一天我拿起斧头，

亲自把树梢砍断。

片片树叶落在头上，

座座山峰出现在面前。

就像忽然拨开了云雾，

豁然开朗，望见了蓝天。

又好像和我思念的老友，

久别重逢时相互问候，亲切叙谈。

从此有清风习习吹来，

才看到鸟儿在空中盘旋。

我敞开胸怀向东南远望，

顿觉心旷神怡，目光辽远。

每个人都有自己的偏爱，

万物都不能齐美两全：

难道我不爱这窗前的绿树？

只不过更爱遥望远处的青山。

大林寺桃花

　　元和十二年(817)四月九日,白居易结伴畅游庐山,写有《游大林寺序》一文以纪其事。大林寺在香炉峰顶,寺旁桃花盛开。本篇为当时即景口吟的一首绝句。庐山高寒,山下芳菲已尽,而山上桃花方开。诗中写出触目所见的感受,突出地展示了发现的惊讶与意外的欣喜。构思新妙,趣味横生。诗人以山下作为人间,以桃花代表春光,由人间花谢春归的叹逝,一转而为天上花开春来的迎新,富于戏剧性变化。结句"不知"两字点出化忧为喜的恍惚之状、雀跃之态,宛然如见,而大林寺桃花作为庐山胜景的可贵可爱、非同一般之处,也就表露无遗。

人间四月芳菲尽①，山寺桃花始盛开。

长恨春归无觅处②，不知转入此中来。

【翻译】

在人间四月里，百花凋零已尽，

山寺的桃花刚刚盛开。

我常常怅恨春光逝去，无处寻觅，

却不知它已经转到这里来。

① 芳菲：花草美盛芬芳。　② 长恨：常恨。

过昭君村①

　　此诗作于元和十四年（819），时作者由江州司马升任忠州刺史，赴任途经昭君村，有感而作。

　　昭君出塞的故事为历代诗人的歌咏素材，留下许多名篇佳作，然各诗的立意不尽相同。白居易此诗对王昭君被妒出塞、客死塞外的不幸遭遇表示了极大的同情，并借此揭露统治者广采民女入宫给人民带来的深重灾难，反映了

---

　　① 昭君：王昭君，名嫱，字昭君。西汉秭（zǐ子）归（今湖北秭归）人，元帝时被选入宫，匈奴呼韩邪单于（匈奴君主）来汉，求美人为阏氏（单于的正妻），昭君被选中出塞，死后葬于匈奴。

民众强烈的不满情绪,所表达的思想倾向和《上阳白发人》等诗一脉相承。诗的最后用"至今村女面,烧灼成瘢痕"的血淋淋的事实,加深了这一主题。

全诗在叙事中抒情,于抒情中叙事,感情色彩浓烈,诗人用"至丽"、"独美"、"希代色"、"妍姿"等状貌之词,极言昭君的美貌,而她的命运却是身弃塞垣,骨埋代北,魂难返乡。强烈的反差写出了这位绝代佳人的不幸,全诗情调哀婉凄切,笔端充满了诗人的同情。

灵珠产无种,彩云出无根①。亦如彼姝子,生此遐陋村②。至丽物难掩,遽选入君门③。独美众所嫉,终弃于塞垣④。唯此希代色,岂无一顾恩⑤? 事排势须去⑥,不

----

①"灵珠"二句:意为名贵的珍珠并不产生于特别的种子,美丽的彩云也并不由特殊的根生出。喻美女不一定出自显贵名门。 ②姝(shū 书)子:美丽的青年女子。遐(xiá 匣):远。陋(lòu 漏):简陋。 ③至:最、极。物:外物。遽(jù 巨):很快。 ④塞垣(yuán 元):指塞外。塞,边境。垣,城墙。 ⑤顾:看。恩:皇帝的恩宠。 ⑥排:排解、解除。势:情势、势态。

得由至尊①。白黑既可变,丹青何足论②!竟埋代北骨③,不返巴东魂④。惨淡晚云水,依稀旧乡园⑤。妍姿化已久⑥,但有村名存。村中有遗老,指点为我言:"不取往者戒⑦,恐贻来者冤⑧,至今村女面,烧灼成瘢痕⑨。"

【翻译】

名贵的珍珠本没有种子,

彩色的云朵也不是根生萌发。

就像那美丽的昭君姑娘,

竟生在这样偏远荒陋的乡下。

美艳的容颜,外物难遮掩,

---

① 至尊:皇帝,这里指汉元帝。据《西京杂记》载:汉元帝宫女极多,不可能都见,于是命画工画像,按像召幸。诸宫人贿赂了画工,所以画得很美,而王昭君不肯行贿,画工毛延寿故意将她画丑,所以不能得见皇帝。匈奴单于前来求美人,元帝按画像选中了王昭君,临行见面,才发现为后宫第一佳丽,悔之莫及,故云"事排势须去,不得由至尊"。 ② 丹青:红色和青色,代指图画。 ③ 代北:泛指今山西恒山及河北小五台山以北地区,这里指塞外。 ④ 巴东:王昭君故乡秭归属古巴东郡,这里用巴东代昭君故里。 ⑤ 依稀:仿佛。 ⑥ 妍(yán言)姿:美丽的姿容。 ⑦ 往者:前人。 ⑧ 贻(yí遗):留给。来者:后人。 ⑨ "至今"二句:意为昭君村女为避免王嫱那样的遭遇,不惜自毁容颜。

很快选入皇宫，背井离家。

超群卓立易为众人妒忌，

终于遗弃塞外，常伴风沙。

这样的绝代佳人，

难道不值得皇帝一睹芳华？

无奈大势已定，必须远嫁，

去留已由不得至尊陛下。

黑白二色既然能够颠倒，

画像更可以随意涂鸦。

尸骨终于埋葬在塞北荒原，

孤魂再也回不到巴东老家。

傍晚的白云流水凄凉惨淡，

旧日的家园仿佛还在眼下。

美丽的姿容虽早已消失，

昭君村的芳名却永留华夏。

村里历尽沧桑的老人，

指点着对我说了一席话：

"不汲取前人的教训而引以为戒，

只恐后人还会把冤屈重踏，

至今这村里姑娘的脸上，

还要烧灼上块块伤疤。"

暮 江 吟

　　长庆二年(822)七月,白居易被任为杭州刺史。赴杭途中,诗人即景会心,脱口吟成这首《暮江吟》。诗中写黄昏江上的动人景色:首句以阳光平铺江面显示夕阳的返照;次句以半青半红写出江面色彩的变化;第三句以"可怜"二字提领,点出季节和时间的推移;第四句以珠圆弓弯形容露水和新月的形态。全诗抓住了黄昏时从夕阳西下到新月初升这一段时间,将柔和的阳光与多彩的江面、如珠的清露和楚楚的新月各自组合,构成宁静和谐的画面,呈现出暮江景色的特征。而在绘形绘色、传神写照之中,表现了诗人安闲平和的心情和观察自然的审美感受。观察的细致,比喻的贴切,韵味的深长,格调的清新,都使人玩赏不尽。

一道残阳铺水中①,半江瑟瑟半江红②。
可怜九月初三夜,露似珍珠月似弓。

【翻译】

一道夕阳的余光平铺江中,
江水这半边碧绿,那半边浅红。
多么可爱啊！这九月初三的夜晚,
露水像是珍珠,新月像是弯弓。

---

① 残阳:夕阳。 ② 瑟瑟(sè 色):碧绿的样子,也指碧色。这里用以形容江水的背阴面,因日光照射不到而呈现碧色。

钱塘湖春行①

长庆三年(823),白居易任杭州刺史。杭州西湖山水秀美,冠绝东南,诗人公馀,常偕宾客出游,流连忘返。本篇为初春出游西湖的记游写景之作。首联点明所游之处:春湖初涨,云气低迷。颔联和颈联用四种自然景物描绘出西湖的初春风光:早莺争树,新燕衔泥,杂花丛生,浅草平铺。尾联照应首联,从孤山、贾亭再到白沙堤,以游赏乐甚、不忍离去结清题意。全诗着重于一路经行,突出眼前景物而直抒感受。诗中连用"几处"、"谁家"、"渐欲"、"才能"等词,写出

---

① 钱塘湖:即西湖。在今浙江杭州西。

游赏过程中的内心活动,不仅把握住西湖景物在初春季节的特色,渲染出蓬勃的生意,而且显示出诗人迎春爱湖的喜悦心情。诗的结构谨严,对仗精工,但又通体浑成,不着痕迹,自然流畅,清新可喜。

孤山寺北贾亭西①,水面初平云脚低②。

几处早莺争暖树③,谁家新燕啄春泥④?

乱花渐欲迷人眼⑤,浅草才能没马蹄⑥。

最爱湖东行不足⑦,绿杨阴里白沙堤⑧。

【翻译】

从孤山寺往北,自贾亭向西,

湖水刚刚齐岸,天空云气低迷。

---

① 孤山寺:西湖的外湖与里湖之间有一座小山,名孤山,山上有寺。南北朝时陈天嘉初年(560)所造。贾亭:唐德宗贞元年间,杭州刺史贾全在西湖建亭,人称贾公亭,简称贾亭。 ② 平:指与岸相平。云脚:接近地面的云气。 ③ 暖树:向阳的树。 ④ 啄(zhuó 浊):鸟用嘴取食。这里指燕子衔泥做巢。 ⑤ 乱花:杂花。迷人眼:使人眼花缭乱。 ⑥ 没:埋没,掩盖。 ⑦ 行不足:游不够,乐趣无穷,舍不得离开的意思。 ⑧ 白沙堤:即断桥堤。白居易曾在杭州钱塘门外,自石雨桥北至武林门筑堤,今已将断桥堤误为白氏所筑,称为白堤。

有几处早飞来的黄莺，争栖向阳的暖树；
是哪一家新到的燕子，啄得筑巢的春泥？
丛生的杂花快要使游人迷乱双眼，
浅浅的芳草仅仅能埋没马蹄。
我最喜在湖东游赏，不忍离去，
那绿色的柳荫里，有一道白沙堤。

后　宫　词①

　　《后宫词》有七绝两首,这里选一首,约作于长庆三年(823)之前,内容是唐代诗人常写的宫怨。白居易对幽囚深宫、终身失去幸福的宫女深表同情,在《新乐府》的《上阳白发人》与《陵园妾》中详尽地描绘出她们悲惨的生活。本篇写一位失宠宫妃的怨恨:以得宠新人承欢侍宴的歌声反衬其凄凉寂寞;以罗巾拭泪、斜倚熏笼的形态动作显示她内心痛苦;而一夜无眠,直至天明,则怨苦之深可以想见。在同类题材的作品中,这首诗不以构思曲折、写情含蓄见长,而以

---

① 后宫:古代皇帝妃嫔所住的宫室。

显豁直致取胜。诗中所写的怨恨既不是怨他人得宠，也不是怨自身薄命，而是怨红颜未老、君恩先断，明确地指斥了玩弄女性、喜新厌旧的皇帝，是一首很有特色的佳作。

　　泪尽罗巾梦不成①，夜深前殿按歌声②。
　　红颜未老恩先断③，斜倚熏笼坐到明④。

【翻译】

　　丝帕揩尽了眼泪，梦也做不成，
　　夜深了，只听得前殿有节奏的歌声。
　　红颜还没有衰老，君恩已经断绝，
　　她斜靠着熏笼，一直坐到天明。

---

　　① 罗巾：丝帕。梦不成：指睡不着觉。　② 按歌：按着节拍唱歌。　③ 红颜：这里指女子美艳的容颜。恩：指皇帝的宠爱。　④ 熏笼：熏炉的炉罩。熏炉，古代用来熏香和取暖的炉子。

春 题 湖 上

　　长庆四年（824），白居易杭州刺史的任期
将满，五月便以右庶子征还京师。本篇为这年
春游西湖之作。诗人眺望西湖，美景在目，不
胜其留恋之情。前六句以鸟瞰的方式，从宏观
的角度描绘它的全景：首联说它如一幅画图，
以群山环绕、水平如铺勾勒出山水相映的轮
廓；颔联以松排山上、月照波心来细加渲染；颈
联则推及湖外的早稻，湖边的新蒲，加以衬托。
这就将秀丽的西湖面貌完整地呈现出来。由
于注意到天上、地下、近景、远景的相互配合，
画面富于立体感。而炼字的准确（如"乱"
"铺"、"排"、"点"），比喻的新巧（如"碧毯线

头"、"青罗裙带"),更使形象生动多彩。尾联
从客观描绘转为主观抒情,发出留恋西湖不忍
他去的感叹。由于前六句的铺垫,这一感叹感
染了读者而获得共鸣。

湖上春来似画图,乱峰围绕水平铺①。
松排山面千重翠②,月点波心一颗珠③。
碧毯线头抽早稻④,青罗裙带展新蒲⑤。
未能抛得杭州去,一半勾留是此湖⑥。

【翻译】

春天到来,湖上像一幅画图,
群峰围绕,水面平铺。
松树在山上排开层层翠色,
月亮向波心点出一粒明珠。
绿色的毛毯绒头是抽长的早稻,

---

① 乱峰:形容山峰很多。西湖三面环山,有南高峰、北高峰、葛岭等。乱,纷乱。 ② 排:排列松树众多,故称"排"。
③ 点:明月一轮,故称"点"。 ④ 线头:指毛毯上的绒头。抽:抽出、拔出。 ⑤ 裙带:裙子上的飘带。蒲:香蒲,水生植物。
⑥ 勾留:稽留,耽搁。

青色的罗裙飘带是舒展的新蒲。

我不能离开杭州到别处去，

有一半原因是留恋西湖。

别　州　民

　　长庆四年(824)，白居易杭州任满还京。诗人五月启程离杭，百姓依依惜别。诗中描绘了送别的图景：父老遮路，宴席丰盛，许多人泪水潸然。诗中有真挚而热烈的情谊，也有不能以惠政及民的不安，以及尚能兴修水利、庶救凶年的自慰。全诗无作势装腔之态，无夸张渲染之词，平易真实，诚恳亲切，塑造了一个清官良吏的形象。

耆老遮归路①,壶浆满别筵②。

甘棠无一树③,那得泪潸然④。

税重多贫户,农饥足旱田⑤。

唯留一湖水⑥,与汝救凶年⑦。

【翻译】

父老们拦住我归去的道路,

---

① 耆(qí奇)老:年老德高的人,亦称父老,指地方上士绅一类的代表人物。耆,古人称六十岁为耆。遮:遮拦、阻挡。不让走的意思。古代地方官吏施行了一些惠政,受到民众的爱戴,当他升迁的时候,往往被挽留连任,甚至在路上拦着不让走。 ② 壶浆:放在壶里的饮料,这里指酒。别筵:送别的酒宴。 ③ 甘棠:树名。传说周代召(shào 哨)伯到南方巡行,关怀百姓。他常在一颗甘棠树下处理政务。后来当地人怀念他,写了一首诗,篇名《甘棠》,收在《诗经》里。这句说没有甘棠树,是自谦在任时期没有惠政及民。 ④ 那得:那里值得。潸(shān 山)然:流泪的样子。 ⑤ 足:多。旱田:容易遭受旱灾的田地。以上两句的意思是说赋税很重,而受旱的田地很多,收成不好,以致百姓贫困,处于饥饿之中。 ⑥ 湖水:指杭州西湖水。这句指筑堤蓄水事。原注云:"今春增筑钱塘湖堤,贮水以防天旱,故云。"杭州春季雨多,秋季雨少,当时常有旱灾。白居易在离任这一年,主持修筑西湖堤岸,蓄水灌田,受益田地的面积有一千多顷,是他任杭州刺史时的一大惠政,常引以自慰。 ⑦ 凶年:谷物不收,年成坏。

满壶的酒摆上送别的盛筵。

我在杭州没有什么惠政，

哪里值得你们泪水潸然。

穷人众多由于赋税过重，

农夫挨饿，只因到处多是旱田，

我只留下一湖水，

给你们解救凶年。

与梦得沽酒闲饮且约后期①

　　白居易晚年和刘禹锡过从甚密,唱和齐名,
世称"刘白"。开成三年(838),二人同在洛阳,
刘任太子宾客分司,白任太子少傅分司,皆为闲
职。他们二人都阅尽了人事沧桑,饱经了政治
忧患,在宦海中浮沉了几十年。如今年近古稀,
相对痛饮,从老后的失意寂寞,联想到少时的
"不忧生计",不禁感慨万端。此诗题为"闲饮",
表面上抒写解囊沽酒、豪爽痛饮的旷达与闲适,

---

　　① 梦得:诗人刘禹锡,字梦得,洛阳人,曾官监察御史,因
参加王叔文革新集团,贬郎州司马、连州刺史,达二十三年之
久,对人生持达观态度,与白居易友善。沽酒:买酒。后期:
后会之期。

深藏的却是闲而不适、醉而不能忘忧的复杂情感。全诗蕴藏了他们对人生愁苦、世事艰难的深刻感受和体验，表现了这两位有着相同命运的诗人的深厚友情。此诗蕴藉深厚，句外有意，将深情以清语出之，把内心的痛苦忧烦用闲适语道出，加强了抒情效果。

少时犹不忧生计①，老后谁能惜酒钱？
共把十千沽一斗②，相看七十欠三年③。
闲征雅令穷经史④，醉听清吟胜管弦⑤。
更待菊黄家酝熟⑥，共君一醉一陶然⑦。

【翻译】

少年时尚且不知担忧人生艰难，
到老来谁还痛惜这几个酒钱？

————————

① 犹：还、尚且。 ② 十千：十千钱。斗：古代量酒常以斗来计量。"十千沽一斗"极言酒价之高以示尽情豪饮。
③ 七十欠三年：白刘都生于 772 年，写此诗时，二人都六十七岁。 ④ 征：征引。雅令：酒令，自唐以来盛行于士大夫间的一种饮酒时的游戏。穷：穷尽，在这里有广征博引之意。
⑤ 清吟：吟唱诗句。管弦：音乐。 ⑥ 家酝：家中酿的酒。
⑦ 陶然：和乐喜悦的样子。

让我们用万钱沽酒开怀畅饮，

相对看你我都已近古稀之年。

闲来时广引经史文句来行酒令，

酒醉后吟咏诗句胜过那吹奏管弦。

待到家酿的菊花酒醇熟后，

我们再一起陶醉在酒中和乐悠然。

《古代文史名著选译丛书》编纂始末^①

马樟根　　安平秋

今年 1 月,《古代文史名著选译丛书》已经出到 100 种 101 册(其中《史记》为 2 册)。4 月份,最后的 33 种也已交稿。这样,全书 133 种即将呈献在读者面前。^② 一项服务当前、造福子孙的普及优秀古代文化、进行爱国教育的大工程将宣告完工了。回想

---

① 《古代文史名著选译丛书》由全国高校古籍整理研究工作委员会主持,古委会直接联系的 18 个古籍整理研究所为主要承担机构,章培恒、安平秋、马樟根任主编。本文于 1992 年 4 月,在《中国典籍与文化》杂志发表时题目是《衣带渐宽终不悔——〈古代文史名著选译丛书〉编纂始末》。这次将此文作为 2011 年修订版附录时,去掉原正标题,以原副标题为正式题目。 ② 至 1994 年 4 月最后定稿时,全书为 135 部。2011 年修订版出版时,全书为 134 部。

这一套丛书动员 18 所院校,投入 100 余人,从 1985 年筹划,1986 年起步,到今天已度过了六七年的岁月,个中甘辛令人难以忘怀。

一、北大·苏州·北大
——酝酿与筹划

编纂这样一套丛书,起因于 1981 年 7 月。当时陈云同志派人到北京大学召开了小型座谈会。来人告诉与会人员陈云同志最近在考虑两个问题:一个是粮食,一个是古籍整理。对古籍整理,特别讲到陈云同志说:"整理古籍,为了让更多的人看得懂,仅作标点、注释、校勘、训诂还不够,要有今译,争取做到能读报纸的人多数都能看懂。有了今译,年轻人看得懂,觉得有意思,才会有兴趣去阅读。今译要经过选择,要列出一个精选的古籍今译的目录,不要贪多。"这就是后来收入《陈云文选》的那段话。1981 年 9 月,中共中央关于整理我国古籍的文件中一字不差地强调了这段话。1983 年,教育部成立了全国高校古籍整理研究工作委员会(简称古委会)。古委会主任周林同志根据中央和陈云同志意见,提出了组织力量今译古籍。但在当时,经过"文革"后的古籍整理工作百废待兴,加之一些学者对今译重要性的认识远非今日之深,这一工作一拖便是两年。

1985年5月,全国高校古委会在苏州召开了一届二次会议。周林同志在会上作了"人才培养和古代文化遗产普及问题"的专题发言,他分析了"解放三十多年来,由于'左'的路线干扰,特别是'文化大革命',几乎使我们的民族文化到了中断的边缘,出现了对古代文化知之不多,或知之甚少的状况",要教育界的同志"做好普及古代文化知识的工作",搞好古籍的今注今译就是其中的一项重要任务,"高校古委会要在这方面多下功夫","高校古籍研究所无疑应担负起这个任务"。他针对当时一些人轻视古籍的今注今译思想,呼吁"我们对于选本、今译等有利于教育普及的东西,应承认它的学术价值","《昭明文选》、《唐诗三百首》、《古文观止》等是地道的选本,流传几百年,发生那么大的影响,能说没有水平?""专家们深入浅出的在对古文献研究基础上的译注,对普及古代优秀文化作出重大贡献,算不算高水平的成果呢?""古文既要译得恰当、准确,又要通畅易懂,难度是很大的","为了社会主义精神文明建设,古籍整理这方面也要作出应有的贡献"。一石激浪,沉寂了几年的今译古籍的话题又重新活跃起来。会上作了一番认真讨论。

经过这样的酝酿,1985 年 7 月,全国高校古委会科研项目评审组的专家们聚集在北京大学勺园,筹划编纂一套古籍今译的精选本。初步定名为《古籍今译丛书》,议定了收书范围、内容,开列了 65 种书的选目。并决定由科研项目专家评审组召集人、复旦大学古籍所所长章培恒教授和参加过陈云同志在北大召开座谈会、当时古委会主管科研工作的副秘书长安平秋同志共同负责,与秘书处同志一起具体筹划。经几个月的筹备,决定由古委会直接联系的 18 个高校古籍研究所承担这一工作,组成编委会,并开列出 89 种书的选目,对选译的进度、规划亦作了设计。此时,几家出版社闻讯而至,表示愿意出版这套丛书。最早与我们联系的巴蜀书社的段文桂社长以其强烈的事业心和对古籍今译的高度重视感动了我们,于是决定邀请巴蜀书社编辑参加第一次编委会议。

二、从柳浪闻莺到桂子山上

——第一批书稿的产生

第一次编委会于 1986 年 5 月在杭州柳莺宾馆

召开。宾馆因位于西湖十景之一的柳浪闻莺而得名。全国高校18个研究所的24名学者和有关人员聚集在这风景胜地，无心观柳，亦无从闻莺，紧张地工作了三天。会上确定了这套普及读物的读者对象是具有中等以上文化程度的广大群众，收书范围是中国历代文史名著，在名著之中选精。所选书目，在原拟89种基础上，调整为116种，以形成系统性。书中选篇之下分提示、原文、今译、注释四部分，以译文为主，书前有一前言，书中加入必要的插图。每一种书约10—15万字。书名确定为《古代文史名著选译丛书》。即由到会的24位学者组成丛书编委会①，由章培恒、马樟根、安平秋三人任主编。于是，编委会立即分成三个工作小组，在会上分头拟出丛书《凡例》、《编写、审稿要求》和《文稿书写格式》，经讨论修改而形成了正式文字以供遵循。在

---

① 编委会成员按姓氏笔划排列为：

马樟根	平慧善	安平秋	刘烈茂	许嘉璐	李国祥
金开诚	周勋初	宗福邦	段文桂	董治安	倪其心
黄永年	章培恒	曾枣庄（以上为常务编委）
王达津	吕绍纲	刘仁清	刘乾先	李运益	杨金鼎
曹亦冰	常绍温	裴汝诚（以上为编委）

自报的前提下,会上确定了由 18 个研究所承担前 40 部书的今译任务,要求当年年底完成。古委会主任、丛书顾问周林同志对编委会的认真精神、紧张工作和显著效率十分赞赏,他说:"有这样一个编委会,有这样一个阵容来做选译,使中国历史文化不成为专属于少数人的知识,使能看报纸的人都读懂自己民族的名著,从而树立爱国主义、建设有民族特色的精神文明,其意义之深远将会在今后愈益显露出来。"于是,有 1000 余万字的大工程便从这里开始了。

当年年底各研究所的今译书稿经作者完成后,由在该所的编委审改,到 1987 年 5 月和 7 月,先后在复旦大学、北京大学两次召开编委审稿会。这种审稿会,说是审稿,实际上是边审边改,字斟句酌,每部书稿必须经一位编委、一位常务编委审改把关,经过这样两道工序,汇总到主编手中,40 部书稿通过了 25 部。其中部分书稿赶印了样稿征求意见。于是周林同志于 7 月 6 日在北大临湖轩邀请了在京十几位专家与正在审稿的编委一起研究样稿,探讨如何提高这套今译丛书的质量。

根据编委审稿发现的问题和在京专家们的意

见,丛书亟需在已定体例的框架中条列细则;而出版单位巴蜀书社又希望所出版的第一批书为 50 种以便形成格局,需要布置各研究所承担新的今译任务。这样,1987 年 10 月在华中师范大学再次召开了编委会,又请了詹锳、周振甫、刘乃和、郭预衡等先生到会指导。

这次编委会是在审看了 40 部书稿后,发现了一大批问题亟待解决,又是在需要布置下一步任务的状况下召开的,是一次承上启下的编委会。会议初期人们的心情和会上的气氛都带有一股子严峻与急切。会议从 5 日到 8 日开了三天半。但是在 4 日晚上开预备会的时候,主编章培恒先生尚未到会,亦无他是否已从上海出发的信息。5 日上午就要开会了,主编不到怎么行呢? 5 日一早,我们还在沉睡之中,忽听有人敲门,进来的竟是章培恒! 一向风神儒雅、衣装考究的章培恒先生,此时却是一身尘灰、满脸疲惫地站在我们面前。原来他从上海出发前,未能买到机票或船票,而上海到武汉又没有直达火车,只好先从上海坐火车到长沙,为了不误 5 日上午开会,他只好买了一张无座票,夜间从长沙出发一直站到武昌。一向走路辨不清方向的章培恒竟然在夜色未退之前一人从车站摸到了华中师大专家楼,也算是奇迹。

这次编委会,从体例的具体要求、书中选篇是否合适、每篇中的提示如何写、注释的繁简和语言的通俗性,到今译的信达雅如何把握,例如李白的"床前明月光,疑是地上霜,举头望明月,低头思故乡"这样通俗的诗是否要翻译,在在都有热烈的争论。感谢编委们的努力和学术判断力,最后终于形成了一个《细则》,一切争论都统一在这个《细则》之上。编委们在思想明确、分得新的任务之后,显出了少有的轻松与喜悦。会议结束正逢中秋节,华中师大的专家楼坐落在武昌桂子山上。入夜,桂子山上举行了赏月茶会,几张方桌,围坐着全体编委和特邀到会专家。天上明月如盘,清辉洒地,眼前桂树葱茏,桂花飘香,华中师大古籍研究所的青年们活跃席间,引得王达津先生即席赋诗,刘乃和先生清唱京戏。这气氛预示着《古代文史名著选译丛书》克服了当前的困难,第一批 50 种书稿有如母腹中的胎儿,快要降生了。

三、华清池畔的愁云与人民大会堂的欢欣

——第一批书出版的柳暗花明

1988 年 10 月,编委们再一次聚会,审定第一批

50 种中的最后十几部书稿、修改第二批 50 种中的大量书稿。这次审稿是在"东枕华山、西拒咸阳"的骊山脚下、华清池滨的一家招待所。这里古朴而不豪华,食宿低廉却又实惠,审稿之余,左近有风景可观,有古迹可寻,房内有 43℃的温汤沐浴,编委们平日在校教学、科研工作劳累而生活清苦,如今有这样的环境与条件,感到少有的惬意。我们作为主编觉得这也是对编委们两年来辛勤编书的一点补偿。但这种适意之感很快就被两件事所驱散。一件事是书稿的质量。几十部书稿交来,一经审看,从注译到体例完全合格的只有寥寥可数的三四部,余下的,或需小改,或需大改,或根本不合格需退回重作。另一件事是出版发行成了问题。到会的巴蜀书社副社长黄葵同志向大家通报了即将印出的 16 本书征订情况,最多的为 2000 册,且只有一种,其他的只有 800 册、600 册,甚至还有 200 余册。征订不佳,销路不畅,出书要赔钱,出版社为难,编委们又无计可施。此时哪还有心思去观赏"骊山云树郁苍苍,历尽周秦与汉唐"? 也无心绪登上骊山,在烽火台前怀古。且正值"楼台八月凉"的节令,只有华清池畔秋雨飘零,秋风瑟瑟,落叶满地,不禁愁从中来。

　　愁则愁，还得面对现实。书稿质量不高，靠到会近20位编委十余天的逐字逐句修改，终于改定合格17部。至于出版发行问题，巴蜀书社的朋友费心经营，重新设计了封面，改进装帧，将第一批50种装成一个大礼品盒，成盒出售。从中又得到了国家新闻出版署、四川省出版局、国家教委有关司局和各省市教委的大力支持与帮助，发行面得以扩大，到了1990年下半年，首印的17000套书销售已尽，而问讯、索购者不绝，出版社决定再印30000套以供读者需要。中央领导了解到这套丛书受到读者欢迎，欣然为丛书题辞，江泽民总书记的题辞是"做好我国古代文史名著的传播普及工作，使其古为今用，以发扬爱国主义精神"，李鹏总理的题辞是"弘扬民族优秀文化，激励爱国主义精神"。李瑞环同志也为丛书题了辞。

　　1990年8月22日在北京人民大会堂召开了《古代文史名著选译丛书》出版座谈会。国家领导人李铁映、胡乔木、李德生、陈丕显、廖汉生、王汉斌、王光英出席，古委会主任周林同志主持会议，到会各阶层代表在发言中从不同角度肯定了这套书对促进青少年了解历史、了解国情、了解中华民族优秀传统文化、进行爱国主义教育的作用。时值盛夏，却逢喜雨，洗却了编委和出版社同志心中的忧虑，参加大会堂座谈会的 13 名常务编委会后又聚集在北京大学讨论深入认识编纂这套丛书的重大意义，研究审改好第二批书稿的具体措施。

四、从舜耕山庄耕作到乐山脚下
——第二批书稿审定之艰辛

第二批书稿 50 种 50 册，是 1987 年 10 月布置的。1988 年 10 月在西安审改合格的 17 部书稿都已放入第一批中以替换原已通过的第一批中质量较差的书稿。这样，第二批书稿当时余下的已完成的有 20 余部，却都不合格，只能要求译注者和编委再行修改。一年之后，编委会汇总来重新改好和新译注交来的第二批书稿 44 部，1989 年 10 月于济南千佛山下的舜耕山庄召开了常务编委审稿会。

这次审稿，发现的问题较多。有的选目不当，如有的史书重要人物的传不选却选入无关紧要而又无学习价值的人物传，有的名家的文章名篇不选却选入既无文学价值又无借鉴意义的篇章。有的选译所依据的底本不当，舍弃现有的精校本却用校勘不善的本子。有的虽有根据地改动正文却只在注释中说"原作……据别本改",而不指明据何本改。有的注释过繁,不利于一般读者阅读;有的注释极简,该注释的地方不注,使广大读者看了译文仍无法理解全文的精妙;而更多的是注释不准确,对一字一词增字为训而歪曲了原意的毛病也较普遍。译文问题更多,有的语义不清,佶屈聱牙,把"三顾频烦天下计,两朝开济老臣心"译为"三顾茅庐频烦为天下大计,两朝事业开济尽老臣忠心",有的为追求通俗生动把"君何往"中的"君"译为"老兄"。每篇的提示,有的写得很长变成了文章赏析,有的虽短却不中肯綮,用了类似"文革"期间的语言扣几顶大帽子了事。看这样的稿子都觉头痛,改这样的稿子更感艰难。审稿历时 12 天,参加审稿、当时 63 岁的黄永年先生向我们诉苦:"头发掉了一把!"有的编委说,千佛山古称历山,传说舜在这里开垦耕耘,十分艰辛,我们住在舜耕山庄,预示着我们为这套丛书垦荒笔耕,也要历尽千辛。这次审稿,经过审改之后,有 10 部书稿合格,有 11 部需会后再作小的修改方能通过,余下的均需作大的改动或另请人译注。

这次审稿还研究了所选戏曲部分的曲辞如何今译问题，如规定了念白中出现的诗句只注不译，上、下场诗只注不译，注而不译的文字在译文中应予保留以便参读。

到 1990 年 12 月，丛书常务编委在广州研究丛书如何体现批判继承精神、如何提高第二批书稿质量时，又有 18 部书稿完成交来。为了保证书稿质量，使 1991 年上半年召开的常务编委审稿会得以顺利进行，我们三个主编从广州匆匆赶到北京，用了一周时间审看了这 18 部书稿，通过了 7 部，11 部退改。当我们看完最后一部书稿碰头研究时，已是 12 月 31 日。在 1990 年一年内，我们仅仅通过了这 7 部书稿。加上 1989 年在舜耕山庄通过的 10 部，也仅有 17 部，尚差 33 部方足第二批的 50 部。

1991 年 5 月，常务编委来到古称嘉州的乐山市，在乐山山腰的八仙洞宾馆继续审改第二批书稿。改稿时间只有十天，要力争将 50 部推出，其繁重可知。我们在改稿过程中，不禁想到明万历年间嘉州知州袁子让的诗句"登临始觉浮生苦"，想到这套丛书从起步到这次审改已历时 5 年，当初怎么也没有想到完成这套丛书会是如此的艰辛，真是登临始觉笔耕苦啊！

这次乐山审稿，通过了 13 部书稿。好在余下的 20 部书稿只须小改即可在会后交稿，终于在 1991 年 8 月将这 20 部书稿全部改定交巴蜀书社。第二批 50 部历时近四年终于定稿了。

五、在金陵古都作光辉的一结
——第三批书稿的完成

1990 年 12 月据出版社的要求，这套丛书出齐当为 150 种，到乐山会上又修正为 110 种至 125 种，最后数字的确定根据最后一次审稿结果而定，合格的即入选，不合格的不再修改选入。根据这一共识，今年 4 月中旬，我们一部分常务编委聚集到六朝古都南京，从已经交来的 35 部书稿中选择经小改合格的书稿。经过十一天的劳作，选择、改定 33 部，由到会的常务编委、巴蜀书社的段文桂总编和编委、巴蜀书社的刘仁清副编审带回成都，将经由他们的继续辛苦而使《古代文史名著选译丛书》以 133 部、1500 万字之数呈献给热爱中华文化的读者。

这套丛书从 1986 年 5 月起步，历时整整六年，平日繁细工作不计，仅编委大小审稿会就开了 12 次之多。丛书的发起人、顾问、古委会主任周林同志先后参加了 8 次审稿会,每次都自始至终和大家在一起,听取审稿情况,了解遇到的问题;当我们遇到困难的时候他为我们鼓劲,当我们感到欣喜的时候他提醒我们不可大意。这次他又和我们一起来到虎踞龙蟠的石头城下,为我们督阵,看我们能否为这套丛书作出光辉的一结。

此时此刻,我们与这次会议的东道主、丛书常务编委、南京大学的周勋初先生漫步在中山陵旁,想到今译丛书已基本完成,自然感到如释重负,但理智却使我们不敢轻松,我们期待着全书 133 部出齐之后专家、读者的评头品足。

1992 年 4 月 26 日

(原载《中国典籍与文化)1992 年第 1 期)

古代文史名著选译丛书(修订版)总目

丛书主编:章培恒　安平秋　马樟根

书　名	译注者		审阅者		定价/元
老子注译	张玉春	金国泰	安平秋		16.00
庄子选译	马美信		章培恒		18.00
荀子选译	雪　克	王云路	董治安	许嘉璐	19.00
申鉴中论选译	张　涛	傅根清	董治安		18.00
颜氏家训选译	黄永年		许嘉璐		15.00
论语注译	孙钦善		宗福邦		28.00
孟子选译	刘聿鑫	刘晓东	黄　葵		20.00
墨子选译	刘继华		董治安		14.00
韩非子选译	刘乾先	张在义	黄　葵		19.00
新序说苑选译	曹亦冰		倪其心		25.00
论衡选译	黄中业	陈恩林	许嘉璐		22.00
管子选译	缪文远	缪　伟	董治安		18.00
列子选译	王丽萍		周勋初	倪其心	19.00
韩诗外传选译	杜泽逊	庄大钧	董治安		24.00
盐铁论选译	孙香兰	刘光胜	黄永年		13.00
诗经选译	程俊英	蒋见元	刘仁清		19.00
楚辞选译	徐建华	金舒年	金开诚		15.00
贾谊文选译	徐　超	王洲明	安平秋		17.00
司马相如文选译	费振刚	仇仲谦	安平秋		11.00
文心雕龙选译	周振甫		黄永年		17.00
庾信诗文选译	许逸民		安平秋		18.00

1

书　名	译注者		审阅者		定价/元
嵇康诗文选译	武秀成		倪其心		18.00
谢灵运鲍照诗选译	刘心明		周勋初		18.00
陈子昂诗文选译	王　岚		周勋初	倪其心	14.00
李白诗选译	詹　锳	等	章培恒		22.00
高适岑参诗选译	谢楚发		黄永年		23.00
元稹白居易诗选译	吴大逵	马秀娟	宗福邦		21.00
柳宗元诗文选译	王松龄	杨立扬	周勋初		18.00
李贺诗选译	冯浩菲	徐传武	刘仁清		20.00
杜牧诗文选译	吴　鸥		黄永年		14.00
李商隐诗选译	陈永正		倪其心		19.00
唐五代词选译	亦　冬		董治安		16.00
唐文粹选译	张宏生		周勋初		18.00
晚唐小品文选译	顾歆艺		平慧善		15.00
黄庭坚诗文选译	朱安群	等	倪其心		18.00
辛弃疾词选译	杨　忠		刘烈茂		24.00
元好问诗选译	郑力民		宗福邦		20.00
宋四家词选译	王晓波		倪其心		16.00
黄宗羲诗文选译	平慧善	卢敦基	马樟根		15.00
吴伟业诗选译	黄永年	马雪芹	安平秋		20.00
方苞姚鼐文选译	杨荣祥		安平秋		20.00
明代散文选译	田南池		马樟根		22.00
顾炎武诗文选译	李永祜	郭成韬	刘烈茂		23.00
张衡诗文选译	张在义 张玉春 韩格平		刘仁清		16.00
汉诗选译	张永鑫	刘桂秋	金开诚		19.00

书　名	译注者		审阅者		定价/元
阮籍诗文选译	倪其心		刘仁清		15.00
三曹诗选译	殷义祥		刘仁清		22.00
诸葛亮文选译	袁钟仁		董治安		16.00
陶渊明诗文选译	谢先俊	王勋敏	平慧善		16.00
杜甫诗选译	倪其心	吴　鸥	黄永年		17.00
王维诗选译	邓安生	等	倪其心		20.00
刘禹锡诗文选译	梁守中		倪其心		20.00
孟浩然诗选译	邓安生	孙佩君	马樟根		18.00
韩愈诗文选译	黄永年		李国祥		20.00
欧阳修诗文选译	林冠群	周济夫	曾枣庄		20.00
曾巩诗文选译	祝尚书		曾枣庄		19.00
苏轼诗文选译	曾枣庄	曾　弢	章培恒		23.00
李清照诗文词选译	平慧善		马樟根		15.00
陆游诗词选译	张永鑫	刘桂秋	黄　葵		24.00
朱熹诗文选译	黄　坤		曾枣庄		20.00
文天祥诗文选译	邓碧清		曾枣庄		20.00
袁枚诗文选译	李灵年	李泽平	倪其心		20.00
王安石诗文选译	马秀娟		刘烈茂	宗福邦	18.00
二程文选译	郭　齐		曾枣庄		25.00
范成大杨万里诗词选译	朱德才	杨　燕	董治安		26.00
萨都剌诗词选译	龙德寿		曾枣庄		28.00
王阳明诗文选译	吴　格		章培恒		18.00
徐渭诗文选译	傅　杰		许嘉璐	刘仁清	17.00
李贽文选译	陈蔚松	顾志华	李国祥	曾枣庄	17.00

书　名	译注者		审阅者	定价/元
三袁诗文选译	任巧珍		董治安	17.00
王士禛诗选译	王小舒	陈广澧	黄永年	13.00
龚自珍诗文选译	朱邦蔚	关道雄	周勋初	13.00
尚书选译	李国祥 谢贵安	刘韶军 庞子朝	宗福邦	14.00
礼记选译	朱正义	林开甲	宗福邦	22.00
左传选译	陈世铙		董治安	22.00
国语选译	高振铎	刘乾先	黄　葵	22.00
战国策选译	任　重	霍旭东	李国祥	21.00
吕氏春秋选译	刘文忠		董治安	17.00
吴越春秋选译	郁　默		倪其心	19.00
史记选译	李国祥 张三夕	李长弓	安平秋	29.00
汉书选译	张世俊	任巧珍	李国祥	22.00
后汉书选译	李国祥 彭益林	杨　昶	许嘉璐	24.00
三国志选译	刘　琳		黄　葵	18.00
晋书选译	杜宝元		许嘉璐	15.00
宋书选译	漆泽邦	孔　毅	李国祥	19.00
南齐书选译	徐克谦		周勋初	18.00
北齐书选译	黄永年		安平秋	16.00
梁书选译	于　白		周勋初	17.00
陈书选译	赵　益		周勋初	17.00
南史选译	漆泽邦		安平秋	22.00
北史选译	习忠民		段文桂	20.00

书 名	译注者		审阅者	定价/元
周书选译	黄永年		安平秋	15.00
魏书选译	杨世文	郑 晔	周勋初	22.00
隋书选译	武秀成	赵 益	周勋初	20.00
新唐书选译	雷巧玲	李成甲	黄永年	16.00
旧唐书选译	黄永年		章培恒	16.00
新五代史选译	李国祥 姚伟钧	王玉德	周勋初	18.00
旧五代史选译	贾二强		黄永年	17.00
宋史选译	淮 沛	汤 墨	曾枣庄	20.00
辽史选译	郭 齐	吴洪泽	曾枣庄	21.00
金史选译	杨世文 李文泽	祝尚书 王晓波	曾枣庄	21.00
元史选译	樊善国	徐 梓	马樟根	25.00
明史选译	杨 昶		李国祥	20.00
清史稿选译	黄 毅		章培恒	22.00
贞观政要选译	裴汝诚	王义耀	黄永年	18.00
史通选译	侯昌吉	钱安琪	周勋初	16.00
资治通鉴选译	李 庆		黄永年	16.00
续资治通鉴选译	徐光烈		安平秋	24.00
通鉴纪事本末选译	谈蓓芳		章培恒	21.00
洛阳伽蓝记选译	韩结根		章培恒	22.00
梦溪笔谈选译	李文泽		曾枣庄	20.00
徐霞客游记选译	周晓薇	等	黄永年 马樟根	17.00
宋代笔记小说选译	朱瑞熙	程君健	金开诚等	19.00
关汉卿杂剧选译	黄仕忠		刘烈茂	24.00

书 名	译注者		审阅者		定价/元
明代文言短篇小说选译	黄 敏		章培恒		23.00
六朝志怪小说选译	肖海波	罗少卿	刘仁清		21.00
世说新语选译	柳士镇	钱南秀	周勋初		23.00
水经注选译	赵望秦 张艳云	段塔丽	许嘉璐		19.00
唐人传奇选译	周 晨		曾枣庄		24.00
唐五代笔记小说选译	严 杰		周勋初		21.00
大慈恩寺三藏法师传选译	贾二强		黄永年		18.00
宋代传奇选译	姚 松		周勋初		22.00
聊斋志异选译	刘烈茂 欧阳世昌		章培恒		22.00
阅微草堂笔记选译	黄国声		安平秋		16.00
清代文言小说选译	王火青		周勋初		23.00
历代名画记图画见闻志选译	周晓薇	赵望秦	黄永年		17.00
容斋随笔选译	罗积勇		宗福邦		20.00
唐才子传选译	张 萍	陆三强	黄永年		24.00
西厢记选译	王立言		董治安		20.00
元代散曲选译	彭久安		刘烈茂	金开诚	21.00
日知录选译	张艳云	段塔丽	黄永年		22.00
桃花扇选译	张文澍		章培恒	段文桂	15.00
牡丹亭选译	卓连营		章培恒		14.00
长生殿选译	戚海燕		董治安		20.00